KB059367

놓아
버려라

이 책은 연관 스님의
제자 원민 스님이
법공양하였습니다.

죽어
버려라

2023년 6월 15일 초판 1쇄 펴냄
**지은이** 강제윤·법인 외
**편집** 이수미
**펴낸이** 신길순
**펴낸곳** (주)도서출판 **삼인**
**전화** 02-322-1845
**팩스** 02-322-1846
**이메일** saminbooks@naver.com
**등록** 1996년 9월 16일 제25100-2012-000046호
**주소** (03716) 서울시 서대문구 성산로 312 북산빌딩 1층

**디자인** 끄레디자인
**인쇄** 수이북스
**제책** 은정

ISBN 978-89-6436-239-6  03810
값 14,000원

연관 스님에 대한 오마주

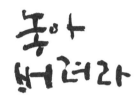

강제윤·법인 외 지음

삼인

## 서문

빈자리가 오래 아프다. 남아 있는 기억을 불러 모아 정리해야겠다. 스님이 인연 지었던 이들을 어찌 다 헤아리겠는가. 세상의 시인 묵객이며 지리산 자락에 등 기대어 사는 문화 예술인들과 더불어 어울리기를 좋아하셨던 스님을 생각했다. 떠오르는 이들에게 연락하고 함께 뜻을 모았다.

한없이 부족하리라. 그러나 그럼에도 불구하고 스승이었으며 도반이었고 큰 형님이었으며 기꺼이 친구가 되어 그 자리마다 맞는 모습으로 다가와 주셨던 참 품이 너른 스님을 위해 남기고 싶었다.

이러저러한 자료와 기억을 더듬어 보내 주신 분들께, 스님이 떠나신 1주년 추모 기일에 출판 일정을 맞추느라 진땀을 흘리셨을 삼인출판사에 감사드린다.

또한 제호와 판화를 보내 주신 이철수 형과 부산 관음사와 통도사, 실상사, 그리고 스님이 이번 생에서 몸담았던 출세간의 절간과 세상의 모든 탁발, 공양의 손길들이시여 큰절 올립니다.

운주천무동　雲走天無動
주행안불이　舟行岸不移
본시무일물　本是無一物
하처기환비　何處起歡悲

편양 언기 스님의 선시, "구름은 흐르나 하늘은 움직이지 않고 배는
다녀도 언덕은 옮겨지지 않네. 본래 아무것도 없으니 어디에 기쁨과
슬픔이 있을까."

고맙습니다.
추모 헌정 문집 『놓아 버려라』, 부족하나마 존경과 사랑과 경의로써
연관 스님에 대한 오마주를 대신한다.

박남준

연관 스님

1949년 8월 4일 - 2022년 6월 15일

연관 스님 행장

실상사 화엄학림 학장을 지냈으며 운서 주굉 대사의 책 번역에 매
진해 온 봉암사 동암 수좌 연관 스님이 2022년 6월 15일 조계총
림 송광사 부산분원 관음사에서 원적에 들었다. 세수 74세, 법랍
53세.

스님은 1949년 8월 4일 경남 하동군 진교면에서 태어났다. 1969년
1월 15일 금강사에서 우봉 스님을 은사로, 병채 스님을 계사로 사미
계를 수지했으며 같은 해 통도사에서 월하 스님을 계사로 구족계를
수지했다. 재적 본사는 조계종 제8교구 본사 직지사다.

1981년에서 1984년에 걸쳐 직지사 황악학림에서 관응 대강백을
강사로 경율론 삼장을 연찬한 후 경학에 매진하며 수행에 정진했다.
이후 1989년부터 1994년까지 직지사, 김용사 승가대학 강사를 역
임했다.

1995년부터 2002년까지 조계종 최초 승가 전문 교육 기관 실상사 화엄학림 학장을 지내며 후학 양성에 매진했다. 또 2002년 희양산 봉암사 선원을 시작으로 기기암, 칠불사, 벽송사, 백양사, 대흥사, 태안사 등 제방 선원에서 40안거를 성만했다.

2000년에는 환경단체 '풀꽃세상을 위한 모임'에서 시상하는 제6회 풀꽃상을 수경, 도법 스님과 공동 수상하기도 했다. 2001년 2월, 생명 평화를 위한 백두대간 1500리를 종주했으며 2008년 한반도 대운하 반대 순례단 '생명의 강을 모시는 사람들'에 참가했다.

특히 스님은 명나라 4대 고승이며 중국 정토종 제8대 조사인 연지 대사 운서 주굉 스님의 저서 번역에 매진했다. 1991년 운서 주굉 스님의 『죽창수필』을 시작으로 『금강경간정기』, 『선관책진』, 『선문단련설』, 『왕생집』, 『불설아미타경소초』 등을 이어 펴냈으며 그 외에도 근현대 선지식 용악 스님, 학명 스님의 일대기와 글 등을 정리한 『용악집』과 『학명집』을 펴냈다. 2007년부터 2009년까지 『조계종 표준 금강경』 편찬에도 참여했다.

# 차례

죽아
버려라

연관 화상과
거지 제사

강제윤

나그네. 지은 책으로 『입에 좋은 거 말고 몸에 좋은 거 먹어라』, 『당신에게 섬』, 『섬 택리
지』, 『섬을 걷다』, 『전라도 섬 맛 기행』 등이 있으며 '섬나라 한국전', '당신에게 섬전' 등
의 섬 사진전을 가진 바 있다.

왕등재였던가. 1980년 여름이던가. 연관 화상和尙이 경남 산청군 금서면 오봉마을 산기슭 토굴에 살 때였다. 어느 봄날, 마을 사람들의 수군거림이 토굴까지 날아들었다. 귀가 가려워진 화상은 마을로 내려갔다. 마을 땅으로 길이 나면서 생긴 보상금을 두고 분분했다. 땅은 본디 왕등재 때문에 생긴 땅. 옛적 소금 장수, 상 장수, 갖바치, 거지들이 한겨울 왕등재를 넘다 죽는 일이 왕왕 있었다.

머리를 두고 죽는 방향에 따라 장사를 지내 주는 동네가 각기 달랐다. 삼장면 방향으로 두고 죽으면 삼장면 사람들이 올라가 시신을 수습해 갔다. 금서면 방향으로 두고 죽으면 금서면 사람들이 시신을 떠메고 내려가 장사 지냈다. 그때마다 시신의 주머니를 털면 푼돈이라도 나왔다. 오봉마을 사람들은 그 돈을 모아 땅을 샀다. 땅에서 나온 소출로 해마다 얼어 죽은 귀신들의 제사를 지내 주었다.

그 오래된 땅으로 새 길이 나면서 보상금 70만 원이 나왔다. 더 이상 고개를 넘다 얼어 죽는 이들은 없었다. 그래도 마을 사람들은 빼먹지 않고 객귀客鬼들의 제사를 지냈다. 그런데 이제 제사 땅이 없어지고 약간의 돈이 생겼다. 귀신들, 더 이상 제삿밥 얻어먹기 어렵게 생겼다.

"마을 돈이니 마을 사람들 고루 나눠 가 염소나 키웁시다."

젊은이 하나가 의견을 냈다. 그때 칠순의 할머니 한 분, 나서며 버럭.

"이런 빌어먹도 못할 놈, 그기 어디 마을 돈이고, 거지들 돈이제. 거지 땅에서 나온 거니 거지 돈이제."

연관 화상이 중재했다.

"내가 30만 원 내놓겠으니 100만 원 채워서 저축해 놓고 이자 나온 걸로 제사 지내 줍시다."

그 후로는 해마다 이자로 소주 몇 되 사고 음식 장만해 제사 지내 주었다.

오늘 왕등재 부근을 다시 지나며 연관 화상, 걱정이 크다.

"요샌 이자도 적다는데 제사는 어찌 지내누."

차라리  문설주 아래
죽을지언정  금창초

김영옥

스님들의 말씀을 옮겨 적은 『봐라, 꽃이다』, 『자귀나무에 분홍 꽃 피면』, 불교를 처음
만나고 난 뒤의 감흥을 표현한 『초승달도 눈부시다』를 책으로 냈다.

# 차라리
# 죽을지언정

서울에서 남원시 산내면 실상사에 도착한 것이 오후 여섯 시쯤이
었다. 때늦은 저녁 공양으로 공양주 보살의 일 품을 늘려 준 다음
인사를 하는 둥 마는 둥 하고 산내 암자인 약수암으로 떠나야 했
다. 입춘을 갓 넘긴 탓인지 겨울은 풀기가 죽었으되 벌써 들녘은 해
거름 특유의 스산한 기운으로 젖어 들기 시작했기 때문이다. 스님
걸음으로 이십 분 남짓이면 된다고 했는데, 논길이 끝나고 외길로
된 산길의 초입에서 연관 스님이 머물고 있는 약수암까지는 꼭 한
시간이 걸렸다.

눈부시게 훤칠한 송림 사이로 상현달이 보였다 말았다 하는 길이
었다. 잔설에 미끄러지고, 솔방울이 발통이 되어 굴러 엎어지는 우
리에게 산과 소나무는 웅성거렸다. "살면서 어떤 길이 쉬울까 보냐!"

연관 스님은 따닥! 하고 나뭇가지 밟히는 소리와 함께 나타났다. 산길 초입까지 안내하고 돌아선 도법 스님이 전화로 연통을 한 모양이었고, 짐작보다 늦는다 싶자 마당에서 서성거리고 있었던 것이다.

"안 무서우십니까?"

삼배 반 올리고 좌정한 다음 여쭈었다. 가슴속에 부처를 품고 사는 분에게 이 무슨 당찮은 질문이랴. 그러나 그 흔한 검은 칠조차 못 한 알기둥에다, 아직 새 장판 내가 물씬 나는 세 칸 방 요사채에는 딴 사람 기척이 없어 에둘러 물어본 것이었다.

"혼자 살아요. 공양주도 귀찮고, 상좌도 귀찮고…."

직지사, 김룡사, 홍주사를 거쳐 지난해 봄에 이곳 약수암으로 왔다. 약 한 번 안 쳤는데도 잘 자라 준 무, 배추, 갓 따위로 김장해 놓고, 고수와 함께 남은 푸성귀 땅속에 묻어 둔 다음, 엘피 가스 두 통 들여놓은 걸로 월동 준비를 끝냈다. 그리고 이틀에 한 번 쌀 익혀 놓았다가 출출하면 끼니 때우면서 '시도 때도 없이' 연관 스님은 역경 일만 계속하고 있었다.

열여덟 나이에 해인사로 출가하여 우봉 스님을 은사로 수계하였다. 십몇 년 동안 봉암사, 상원사, 해인사 등의 선원을 전전하다가 직지사에서 관응 스님을 만나 본격적으로 경전 공부에 힘쓰게 된다.

탄허, 운허 큰스님과 함께 손꼽히는 대강백인 관응 스님은 유식학이 특장으로, 그 연배로는 유일하게 생존해 있는 분이다. 스무 해 가까이 직지사에서 살면서 황악 불교 전문 학림을 열고 경과 논을 가르쳤는데, 연관 스님은 그 첫 번째 제자들 가운데 한 사람이었다. 산문에 든 뒤로 대전에서 유서 읽기에 힘쓴 적도 있지만, 자칭 문학도였던 연관 스님을 관응 스님은 친자식처럼 아껴 외국에 나갈 때도 수행하게 하곤 했다. 우봉 스님을 뒤이어 그의 실제 스승이 되는 셈이었다.

　연관 스님이 번역한 『왕생집』은 중국의 운서 주굉이 쓴 『왕생집』과 방륜이 쓴 『정법개술』을 한데 묶은 것이다. 정법淨法에 관한 이론과 실천을 내용으로 삼고 있는 이 책을 읽고서 참선 대신에 "아미타불을 불러 미타의 힘으로 성불하려고" 연관 스님을 찾아온 스님도 있었다. 초장 작품이라 한문 투가 심하여 새로 손을 보고 있는 중이라 하는데, 방 한가운데 놓인 스님의 괴목 책상 위에 놓인 그 책을 얼핏 들춰 보니 고칠 데를 붉은 펜으로 표해 놓은 품이 여간 얌전하고 꼼꼼한 게 아닌 것은 뜻밖이었다. 다기를 다루되 그에 휘둘림이 없고, 부처님 경전에서부터 조사들의 어록 및 '귀거래사'에 이르기까지 글속이 종횡무진하고, 몸집 또한 억세고도 푸짐하여 지레 품은 인상에 반하는 것이었기 때문이다.

　『왕생집』에는 역주자로서 법명 대신에 '하청'이라는 호로 소개되어 있는데 그것도 관응 스님이 지어 주신 것이다.

"내 속성이 '황'이니 붙여 읽으면 '황하청'이 되지 않겠소. 중국에는 황하강이 맑아지면 성인이 나온다는 전설이 있답디다."

그러고 나서 스님은 "노장이 미쳤지." 하며 히히힛 웃었다.

『왕생집』 말고도 연관 스님이 번역하고 주를 단 『죽창수필』은 산문 안 스님들뿐만이 아니라 사부대중의 사랑을 살뜰히 받아 1991년 1월에 초판이 나온 뒤로 지금까지 4쇄째가 나옴으로써 불교 서적으로는 드물게 이른바 스테디셀러의 반열에 오른 책이다. 이 책의 저자인 운서 스님은 명나라 때 사람으로서 항주 운서산에서 총림을 개설했다. 계율의 부흥과 정토 법문을 제창하는 등 선과 염불과 계율에 두루 관심을 갖고 활약한 대종장이었던 그의 저서는 서른여 종에 이른다. 명말 청초 때 사람인 지욱 스님은 본디 유가의 대가로서 불교에 대해 비판적이다 못해 말살하려고까지 했던 사람이나 운서 스님의 『죽창수필』과 『자지록』을 읽고 발심하여 출가했다고 한다.

"운서 스님이 그러셨거든. '부처님이 오후 불식하라고 하셨거늘 중으로서 한밤중에 기름 냄새 피우면서 야식까지 장만해 먹느라고 야단이냐'고. 그런데 그렇게 엄하게 꾸짖기만 하셨으면 감동이 덜했을 거야. '젊은 나이에 출출하기도 할 테지. 그럴 때는 과일이나 마른 떡 정도는 먹어도 되겠지.' 이렇게 눙치셨거든."

운서 스님은 유가 선비의 자손으로서 두 번 상처를 하여 아내를 세 번이나 맞아들였던 사람이다. 스물일곱에 아버지가, 서른한 살에 어머니가 돌아가시고 나자 망극한 어버이의 은혜를 갚으려고 출가할 결심을 하니 그때 나이 서른둘이었다. 행각 중에도 걸망 속에 위패를 모시고 다니면서 공양 때는 반드시 먼저 바치고 먹을 만큼 효성이 지극하였다. 산문에 들 요량으로 동침도 않았던 세 번째 아내인 탕 씨를 출가한 뒤에도 바로 곁에 두고 살기도 했으니, 철저하고 꼬장꼬장한 스님의 상을 훈훈하게 데우고도 남음이 있지 않은가.

'성실하고도 빼어나다'는 평가를 받고 있는 연관 스님의 역경 솜씨는 『죽창수필』 뒤로도 1993년에 선보인 『선문단련설』—회산 계현의 『선문단련설』, 단운 지철의 『선종결의집』, 대혜 보각의 『종문무고』의 합본—에서도 유감없이 발휘되어 있다. 당시 선림의 유폐를 신랄히 지적하는가 하면 실천 수도하는 방법을 밝힌 수행 지침서로서의 구실을 할 만한 이 책은 간화선이 중심인 한국 불교에 대해서도 시사하는 바 있어 선원에서도 두루 읽혀 곧 재판을 찍게 될 것이라고 한다. 그것뿐만이 아니었다. 장수 자선의 『금강경간정기』에 대한 연담 유일의 송대의 『금강경 오가해 사기私記』를 주해·번역한 『금강경간정기』도 일 년쯤 걸려 막 우리말로 옮기는 작업을 끝낸 뒤라 올 유월쯤에는 세상에 선보이게 될 것 같다.

거의 책으로 채워지다시피 한 그의 방 벽에는, 머리만 빼꼼히 내놓고 온몸을 단술 단지처럼 담요로 휘감은 스님 그림 한 장이 압침에 꽂혀 붙어 있다. 그와 절친한 일장 스님이 그려 보낸 것이다. '원사연관遠思然觀'이라 적혀 있으니, 이는 아마도 일장의 연관에 대한 연서戀書이리라.

지금은 제주도 목부원에서 살고 있는 일장 스님이 어느 날 문득 그를 찾아와 "문장이 간솔하니 한번 읽어 보시게." 하며 세 권으로 된 『죽창수필』 한 질을 내놓고 돌아갔다. 안동의 어느 토굴에 살 때였다. 눈은 세상을 뒤덮으려고 작정이나 한 듯이 쏟아져 내리고, 혼자서 얼마나 외롭고 쓸쓸한지 "가슴이 터질 듯하고 미쳐 죽을 것만 같아서" 일장 스님이 놓고 간 『죽창수필』을 밤낮없이 주야로 글귀를 더듬어 번역을 했다. 애초에 책으로 묶어 낼 요량도 아니었고, 후학들이 읽고 감화받기를 기대하고 한 일은 더더욱 아니었다. "그냥 살려니 너무 심심하여" 그저 파적 삼아 한 일이었다.

그는 자신이 어쭙잖은 짓이라고 판단한 일에 끄달림이 없어 보인다. 『죽창수필』을 펴낸 곳에서 4쇄가 나온 뒤 인세를 주려 했지만, 설에 약수암을 찾은 신도가 대여섯 사람밖에 안 되는 "썰렁한 살림살이"임에도 돈은 마다하고 그 액수만큼의 책을 달라고 하여 주위에 법보시해 버렸다.

그러고 보니 관응 스님의 건강도 고사하고 말았거니와, 직지사를 비롯하여 문경의 김룡사, 태안반도의 흥주사 등지에서 강백 노릇을 한 바는 있지만, 한 번도 주지 노릇을 해본 적도 없고, 따로 제자로 내세울 만한 사람도 두어 보지 못했다. 시대의 부름을 좇아 어떤 일을 목적하는 모임의 선봉에 서는 도반들과 가까이 지내기는 하지만, "저마다 할 일이 따로 있는 법"이고, 자신은 그런 "깜이"도 못 되어 어떤 단체에도 가담해 본 적이 없다.

그의 행리나 어법도 그러하거니와, 어떤 일에서건 의도적이고 작위적인 것을 지우고 싶어 한다.

부귀는 내가 원하는 바가 아니고
신선 되기를 기대할 수도 없는 것
친구들과의 정화를 즐거워하고
거문고 치고, 독서하고, 근심이나 잊을 뿐
몸뚱이 이 세상에 붙여 사는 것이 얼마나 되리

도연명의 '부질없음'도 그가 자주 차용하는 시구이거니와, 그의 일상적인 풍모는 학승이라기보다 선승에 가깝다. 격식을 싫어하여 "함께 무슨 일을 도모할 사람은 못 되고", "낭만적인 사람"이라는 주위 도반들의 말도 그런 면에서 옳다. 그러나 그런 면모는 치열한 구도자로서, 자기 자신의 내면의 소리에 깊이 귀 기울이는 자가 깊은 자의식과 함께 보이는, 인간적인 모습이라 말할 법하다.

그가 시도 때도 없이 제 일만 한다지만, 중앙의 세존불과 함께 제자들과 보살들이 돋을새김된 목조 탱화를 모신 법당에서 아침 예불은 빠뜨리지 않고 올린다. 실내용 싸리 빗자루를 집 앞뒤로 여섯 자루씩이나 걸어 놓고 방과 마루, 그리고 아마도 마음밭을 시시때때로 쓸어 내기도 한다. 날마다 자자自恣라, 해 질 녘이면 갈까마귀 떼들이 머리 위로 빙빙 돌며 우짖는 소리를 "야 이 새끼들아." 하고 야단치는 소리로 듣는다. 『왕생집』 책 뒤에는 이런 글귀도 적어 두었다.

'내 몸이 부처 될 때까지 부처님의 계율을 철저히 지키면서 조금도 범하지 않겠나이다. 부디 원하노니 부처께서 증명해 주소서. 차라리 죽을지언정 물러나지 않겠나이다. 나무아미타불.'(입지게立志偈)

그의 방은 까친지 까마귄지 새로 해 바른 창호지 문을 부리로 쪼아 따로 문 열어 통기할 필요가 없을 지경이었다.


십 년 동안 단정히 앉아 심성을 다스리니(十年端坐擁心性)
깊은 숲 새들도 놀라지 않네(寬得深林鳥不驚)


서산 대사가 오도 후 읊은 바 있거니와, 부풀부풀해진 누비 동방을 입은 그의 어깨에 새가 겁 없이 내려앉아 깃을 가다듬기도 한다.

빨치산이 소굴로 삼기도 했던 약수암은 주위로 송림이 울창하고 석축 아래로는 대나무가 촘촘하게 자라 한낮에도 어둑했다. 지리산이 거느린 곳치고 풍광이 어눌한 곳이 없지만, 가파른 절터의 눈 아래로 달리는 산릉의 기풍은 출중하였다. 법당 아래 양편으로 '관음보살의 젖'인 약수가 샘솟는데, 한겨울하고도 혹독한 가뭄이라도 마르는 법이 없어 이름값을 하거니와 물소리가 실하고도 청량했다. "놀아도 저절로 도가 트일 만큼 자리가 좋은 곳"이라 했다.

떡갈나무 숲속에 졸졸졸 흐르는 아무도 모르는 샘물이길래
아무도 모르라고 도로 덮고 내려오지요
나 혼자 마시곤 아무도 모르라고
도로 덮고 내려오는 이 기쁨이여

목청껏 노래 부르던 스님은 무심하게 말했다.
"나 여기 오래 살라네. 나무도 많으니 화장하기도 좋고, 사십구재만 해주지 비는 세우지 말라고 도법이한테 일러 놓았고."
지난해 사람을 다 불러 모아 놓고는 핵심 멤버가 서울 가서 개혁 불사한다고 흐지부지된, 연관 스님이 학장으로 주도하게 될 화엄학림도 사월 초파일 이후로 개강할 예정이고, 유월쯤에 운서 스님의 유향遺香이 상기 남아 있는 항주를 찾아 몇 달쯤 중국을 다녀올 계

월간 〈해인〉
1995년 3월 호
'호계삼소'에
실린 사진으로
도서출판 호미 대표
홍현숙이
찍은 사진들이다.

획도 세워 두고 있는 만큼, 그런 말씀은 지나치게 때 이른 것이 아니겠는가. 이제 세수 마흔여덟이신데!

올해는 지난해 못 심은 감자도 심어 스님도 잡숫고, 눈 속을 후비는 주린 토끼에게도 보시하셔야 하지 않겠는가.

*월간 〈해인〉, 1995년 3월 호 '호계삼소'에 실린 글이다.

# 문설주
# 아래
# 금창초

실상사에는 꿀단지라도 묻어 둔 건가? 그렇다면 나도 한 번 가보자.

어느 해 늦가을에 거실에서 텔레비전 리모컨을 만지작거리고 있던 남편이 말했다.

하고한 날, 실상사에 간다, 거기 계신 스님이 이러저러한 말씀을 하셨다, 이번에 마을에서 이런 일들이 있었다, 내가 가진 책 중에 다섯 손가락 안에 드는 책이 바로 이 『죽창수필』이다…. 스님이 소개해 주신 『도연초』도 빼놓을 수 없지!

남편 성정이 무던하거나 무심했기에 망정이지, 참 귀를 많이도 괴롭혀 왔던 터였다. 무심하지 않았던 모양이네. 뜬금없이 실상사엘 가보자고 했다.

가을도 이미 끝물인 데다 바람도 제법 세찬 날이었다. 고속도로를 한참 달린 끝에 함양 나들목으로 빠져나왔다. 상림 숲길을 좀 걷고 싶었으나 남편은 들은 척도 안 했다.

배고파.

함양 시외버스 터미널 승강장 터와 맞붙어 있는 백반집 충무식당을 찾았다. 벽에 잔뜩 낀 기름때까지 정겨운 곳, 늘 컬이 강한 파마머리에, 좋다 궂다 표정을 드러내는 법이 없는 쥔장이 차려 내는 밥상을 흔연히 받았다. 그러고는 24번 국도를 타고 실상사로 향했다.

절 입구에 놓인 해탈교를 차를 타고 건널 때마다 내 마음대로 지어 보는 풍경이 있다. 이 공고한 콘크리트 다리가 지어지기 전, 큰물이 지면 하릴없이 물에 잠기어 오갈 길이 끊기고 마는 징검다리를, 그해 지어 만물로 거둔 쌀이야 콩이야 참기름이야 이고 진 채 그 징검다리를 건너갔을 보살님들을, 할무이 치맛자락 붙들고 따라붙었을 코찔찔이들을….

'평지 사찰' 실상사를 돌개바람처럼 휘이 한번 둘러본 남편, 뭐 별로 볼 게 없네, 구시렁거린다. 미상불 둘러볼 게 없긴 하지. 산 깊고 골이 깊은 곳과는, 굽어보이는 산 아래 풍경이 아득한 곳과는, 한 굽이 돌아들고 두 걸음 올라설 때마다 일쑤 다른 공간으로 감기거나 풀리는 산중 대찰과는 다르긴 하지. 그러나 그 속을 내 모를 줄 알고?

사천왕상이 지키고 계신 일주문에 들어서면서 내가 명토 박아 둔 바 있었다.

스님 뵈오면 삼배 절을 올려야 해.

내가?

그 마뜩잖은 상황을 모면하려고 선수 치듯 해보는 소리였다.

어어, 춥다.

남편은 절 밖으로 앞서 서둘러 나간다.


미리 예약해 둔 숙소에 남편을 쉬게 하고 혼자 다시 절로 향했다. 보광전 말간 법당 앞에서 예 올리고, 절 뒤 솔숲으로 스며든다. 그 솔숲에서 실타래처럼 풀리는 밋밋한 길 하나, 그러나 그 오죽잖은 시작이 종내에는 봉우리 하나 우뚝 세워 놓고야 마는 그 산길로 접어든다. 길 옆 농원의 사과나무에는 미처 거두지 못한 과실이 여럿 남아 있었지만, 감국, 구절초는 이미 제빛을 잃고 파리했다. 억새는 쇠어서 입김이 가닿기도 전에 제 속에 품고 있는 바람에 하르르 떤다. 기와를 박아 지은 붉은 흙집 화림원, 자갈 깔린 뜰로 들어서니 진돗개 꽃님이가 컹, 하고 낯선 기척을 알렸다. 그날 저녁의 풍경이 바로 눈앞인 듯 이토록 세세하고도 선연하다.

연관 스님을 처음 뵈온 것은 1995년 2월이었다. 해인사에서 발간하는 월간 〈해인〉에서 '호계삼소'라는 난을 맡아 스님들을 뵙고 들은 말씀을 옮겨 적는 일, 일을 시작한 지 얼마 안 되어 절을 찾는 일도 스님을 뵈옵는 일도 적잖이 두렵고 송구할 때였다. 실상사 산내 암자 약수암 가는 길, 동행했던 〈해인〉 편집장 스님이 귀띔을 했다. 연관 스님은 당신 살림살이를 쉽게 내놓지 않으실 겁니다. '살림살이'가 무슨 말인지도 모를 때였다.

아니나 다를까, 용건을 말씀드리니 몸집만큼 푸근했던 스님 안색이 대번에 강퍅해지신다. 함께 가서 스님 사진을 찍는 노릇을 자청해 왔던 호미출판사 홍현숙 대표가 들고 있던 카메라는 빼앗겨 바닥에 내동댕이쳐질 뻔했다. 그리고 오래도록 기억할 만한 어록을 남기시니, 나와 홍 대표를 두고 싸잡아 하신 말씀인즉, "젊기나 하든지, 이쁘기나 하든지." 그런 말씀을 불쾌하게 들을 여유가 없었던 것이 참 오랫동안 분했다. 그저 이날 스님이 무슨 말씀을 하시든지, 내쳐지지만 않으면 다행이었던 거라. 분위기가 누그러져 쫓겨나지 않은 것은 편집장 스님이 들고 간 '맛난 떡' 덕분이었다. 오, 그 신묘한 맛난 떡!

실은 적적하셨던 게지. 이야기 자리는 깊은 밤까지 이어지고, (다탁 아래로 쪼가리 말씀이나마 몰래 받아 적느라고 나는 바쁘고.) 흥이 오르자 '귀거래사'를 줄줄 외시는 스님이 내 눈엔 태산처럼 거룩해 보였다. (나중에 알고 보니 절집에서는 그런 스님들이 적지 않다는군.) 그래서 삼배 절 올리면서 감히 청하였다. 스님, 저 스님 제자 삼아 주세요. 법명도 하나 내려 주시고요. 덧붙인 말도 맹랑했지. 어느 보살님들 법명처럼 석 자 말고, 두 자로 된 법명이오. 어찌 보셨던지 싫은 표정 없이 일어나 부스럭거리면서 글자 적힌 종이 두 장을 찾아 들고 나오셨다.

수초守初와 명적明寂, 내가 혹시 비구 제자 생기면 줄라고 간직해 온 거라요.

수초라, 저는 불교의 이치를 궁구하는 일에 있어 시작도 못 한 바, 지킬 처음이 없으니 수초는 당치 않고요. 명적은… 어렵네요. 저는 밝지도 고요하지도 못한데요.

명적, 그게 묘한 경계요. 묘한 경계라고만 거듭 말씀하셨다. 뭐 이렇게 해서 명적이란 법명을 받자옵게 된 것인데….

몰랐다. 법명을 주시기는 했으나 나를 유발有髮 상좌로나마 받아들이신 건 아닌가 보았다. 어느 날에 수월암에 들렀더니 불퉁한 목소리로 말씀하셨다. 어디 가서 내 상좌라고 말하지 말아요! (삼십 년 가까운 세월 동안 스님은 단 한 번도 내게 하대를 하신 적이 없다.) 어디서 무슨 말씀을 들으셨노. 아무 대답도 못 했지만 그때 적이 서운했었다. 그 말씀 듣고 한참 지난 뒤에, 스님들 뵈옵고 들은 말씀을 모아 엮은 책이 나오고, 어느 볕바른 날에, 책을 몇 권 싸 들고 수월암으로 가서 스님께 엎드려 절하고 고해 올렸다. 그러자 빙긋이 웃으며 말씀하셨다. 내 상좌 중에서는 제일 먼저 책을 냈네. 이크, 이제 제자로 받아 주신 건가?

스님은 변덕이 좀 있으셨지만 나는 그 변덕에 괘념치 않았다. 외람되오나, 그 변덕 아래 놓인 바탕이랄지 결이랄지를 진작에 내가 간파했기 때문이다. 이론이 정치精緻하거나 자신에게마저 신념이 가혹한 사람은 변덕을 보일 수 없는 법이다. 그 변덕은 그저 아이 같은 천연한 마음의 발로였던 것이지. 노래 부르는 목소리도 청아하고, 울기도 잘하셨던 우리 시님…. 그날에 수월암 쪽마루를 비껴 건너가던 맑은 저녁 햇살, 그리고 낮에 젖은 산길을 걸으셨던지 댓돌에 가득 묻은 붉은 흙까지 생각난다. 여기까지 쓰는데 목울대가 다 시금 아파오누나.

늘 거기 계실 것만 같았던 우리 시님, 왈패처럼 우당탕 불시에 문 열고 짓쳐 들어가도 늘 거기 계신 데서 무심한 듯 유정하게 나를 맞아 주실 것 같던 시님, 그런데 스님은 어디로 가시고 말았을까. 낙엽귀근落葉歸根, 남은 수명을 헤아리시던 때에 남기셨다는 말씀처럼 낙엽이 되어 흙으로 돌아가셨는지. 그 흙 나라에 입국해서는 당신이 그리도 좋아하시던 들꽃이야 나무야 가꾸고 계시는지. 나이를 거꾸로 먹는 건지, 요 몇 년 나는 마음이 물기를 잃고 뒤둥그러지면서 스님을 찾아뵐 여유가 없었다. 평생의 도반이셨던 적명 스님이 입적하셨다는 소식을 듣고, 몇 년 앞서 나도 겪은 바 있었거니와, 스님이 얼마나 상심하셨을지 짐작이 되었으면서도 찾아뵙지 못했다. 아아, 살아 보니 이런 과오는 돌이킬 수 없을 때가 많았다. '내일'은 없는 것이더라고. 적명 스님은 공양 시간이 되어도 나타나실 줄을 모르는구나! '죽음'이란 게 별쭝난 게 아니라, 그저 '공양 자리에도 나오지 않는 것'이더라고 하셨다 한다. 우리 스님은 어디로 가시고 여기 안 계신 걸까.

즉물적 인간인 바, 내가 기껏 떠올리는 몇 가지 물적 인상들;

포행 삼아 약수암 가는 길, 눈 쌓인 길섶에 마른 꽃대가 올라와 있었다. 눈을 이고 함초롬한 자태였다.

그게 까치수영이라요.

그때부터 내 동무가 된 아이, 바짝 말라 있을 때에조차도 어여쁜 아이, 이후로 이 생물을 볼 적마다 스님 생각이 났다. 편역하신 『학명집』을 굳이 보내 주셨기로, 누런 봉투에 적으신 우리 집 주소 부위를 오려서 책갈피에 꽂아 지금껏 보관해 왔다. 맑고도 원만하고도 유정한 글씨였다. 자주 목청껏 노래 부르시던 스님 음성과도 같았다.

"차라리 죽을지언정…."

아마도 약수암에서 처음 뵈온 날 적어 주신 듯한 '입지게' 계송은, 유려했으나 살짝 유약해 보이는 글씨였다. 그 무렵, 무엇이 스님을 소심하게 해드렸노. 곧 열릴 학림이 실은 좀 부담이 되셨던가? 아무렴, 화엄학림 학인들을 청출어람으로 단련해 낼 일에 있어 부담을 느끼셔야 마땅했을 터였다. 어느 날 내게 주신 이국적 푸른 빛깔의 돌염주, 지금껏 간직하고 있으되, 그 암석의 이름도 다녀오신 나라 이름도 다 잊어버렸다.

어느 해 봄날, 관응 스님 추모비 제막식 행사에 참례하신 스님을 직지사로 가서 모시고는 선암사로 내달렸더라. 선암사 무우전 옆 매화꽃을 배알한 것만도 분에 넘쳤거늘, 돌아오는 길, 월등月燈 그 마을에는 달도 뜨지 않았건만 만개한 매화꽃으로 천지가 환했었다. 백두대간 종주를 하시다가 목간에 들르려고 저자로 내려오신다기에 찾아뵈온 날, 중원 미륵사지 어디 부근이었을 거라. 자고 일어나니 눈이 잔뜩 와 있네. 얼어붙은 찻길을 더듬어 돌아갈 일도 걱정이었지만, 저 눈을 무릅쓰고 기어이 다시 산을 오르시려는 스님, 가슴에 무엇을 품고 계시기에 저토록 지성이신가. 품긴 무얼 품어요. 산에 오르면 그냥 마음이 편해져서요.

"인가와 멀리 떨어져, 물 맑고 풀 우거진 곳을 찾아 서성거리는 일처럼 마음을 달래는 것이 또 어디 있으랴."

어느 날에 내게 주신 책, 『도연초』에 적힌 바와도 같았다. 스님은 덧붙여 말씀하셨다. 내가 하고 있는 일에 다른 사람들이 이름 붙이는 것은 내 뜻과 상관없는 일이고…

2022년 6월 15일, 소식을 접하고 서둘러 부산 관음사로 내려갔지만 스님은 이미 의식이 없으셨다. 아니, 말문은 닫히었으나 정신은 놓지 않고 계셨을 것이다. 침상 아래 털썩 주저앉아 스님의 손을 붙들고 속으로만 외쳤다. 스님, 명적입니다. 이리 가시면 어째요. 제가 너무 죄송해서 어째요. 아침에도 다녀간 의사가 다시 와서 스님 상태를 살핀 바, 오늘 밤을 넘기지 못하실 것 같다고 했다. 문 하나 사이로 격해 있는 옆방에서 스님들이 외는 아미타불 염불이 들려왔다. 어느 날부터 곡기도 끊고 물마저 끊으셨다 하니, 당신에게 죽음은 침탈이 아니었다. 스스로 주도하셨으니 명탈明脫이 된다. 임종 직전에 스님들의 염불 소리를 따라, 기적처럼 입술로써 아미타 부처님을 염하셨다고 전해 들었다. 필경 아미타 부처님은, 염으로 불러 모시기 전에 스님 앞에 현전하셨을 것이다. 스님이 지어 오신 일생이 그리고도 남았을 터였다. 음력 5월 열이렛날, 저녁 7시 55분이었다. 열이레 달은 도시의 휘황한 불빛에 가리어 보이지 않았다.

김영옥 | 문설주 아래 금창초

이미 어둑해진 시각, 화림원 꽃님이가 졸래졸래 따라나섰다. 내가 이제 발길을 돌려 수월암 쪽으로 내려가려는 걸 알아챈 거다.

스님이 계시는 방은 불빛으로 환했으나 수월암은 고요했다.

사람 좋아하시는 스님 처소로는 자주 승속을 막론하는 벗들이 모여들곤 했다.

굳이 등산용 버너와 코펠을 써서 찻물을 끓이셨지. 그로써 스님은 늘 깊은 산중에 혼자 계신 바 되었다. 옹기에서 코펠에 따라 담은 물이 끓기 시작하기까지의 쥐똥만 한 토막 시간을, 아아 나는 검푸른 심해처럼 주위를 따돌리고 홀로 깊이 음미하곤 했다. 그리고 스님이 호쾌한 솜씨로 다기를 다루어 우려 주시는 차를 마시며 스님이 이끄시는 이야기 수레에 편승하곤 했다. 『채근담』과도 같은 나라, 불법이니 문학이니 인문학 따위의 구분 짓기는 일없었다. 달이 밝은 날에는 마당에 놓인 반석으로 자리가 옮겨지곤 했고나.

집 안을 가리기에는 턱없이 낮은 토담 밖에서 한참을 서성이었다. 오늘은 아무 말씀 듣지 않아도 되었다. 역경 중이셨으리라, 저 환하게 켜진 처소의 불빛만 보아도 되었다. 마당에 우람한 그늘을 드리우고 있는 파초만 보아도 되었다. 꽃님이가 나를 따라온 것은 스님이 입에 물려 주시곤 하는 소시지나 치즈 조각 때문이었을 것이다. 얘야, 나는 오늘 밤에는 저 지쳐진 문을 두드릴 생각이 없단다. 그러고도 실은 들은 말씀이 별로 많을 것 같고나. 『도연초』에 "먹구름이

긴 밤하늘을 보며 밝은 달을 그리워하고, 두문불출하다가 봄이 다 가는 것도 모르고 지내는 것도 정취가 있는 일"이라고 적힌 대로, 스님은 혼자만의 그 정취에 젖어 계실 터였다.

어느 해 봄날, 수월암을 나서려는데, 문설주 앞 디딤돌 아래로 못 보던 보라색 들꽃이 보였다. 돌 틈 사이, 땅에 몸을 붙인 듯 나지막한 키로 수줍게 꽃을 피운 아이였다.

스님, 이게 무슨 꽃인가요?

그게 금창초金瘡草라요. 옛날에 변변한 약이 없을 때, 상처 난 데 덧나지 말고 잘 아물라고 짓찧어 발라 주던 약초라.

모르는 것이 없으시던 우리 시님, 몰라서 내게 하찮았던 잡초를 순식간에 귀한 약초로 받들어 올려 버리곤 했던 우리 시님, 그 금창초는 아직도 내가 시도 때도 없이 통증을 느끼는 헌데를 좀 낫게 해주려나. 우리 시님을 종내 한 번도 못 뵈온 좁쌀뱅이 남편도 가고, 그날 라이카 카메라 던져질까 봐 진정으로 혼비백산했던 나의 평생 도반 홍현숙 아우님도 가고, 그리고 우리 시님도 떠나 버리셨네. 아, 수월암 암자도 어느 해 젖은 여름, 홀연히 몸을 한 줌 재로 바꾸어 버렸고나!

선 채로 묵묵히 고개 숙이고, 순서 없이 떠나신 인연들을 떠올린다. 스님을 비롯한 내 이승의 도반님들이여, 잘들 계시다가 어느 날

한자리에서 함께 뵈어요. 아참, 스님, 그날에는 스님 좋아하시던 국수 삶아 올려 드릴게요. 간은 짜디짠 맛, 제 죄스러운 마음과, 안타까움과, 그리고 그리움의 눈물로 맞춰 주세요.

2005년 욕지도에서 연관 스님과 함께한 김영옥

그 여름의

시멸示滅!

김하돈

1997년 〈실천문학〉에 시 「짐승」 외 2편을 발표하며 등단하였다. 『단재 기행』, 『그 산맥은 호랑이 등허리를 닮았다』, 『푸른 매화를 보러 가다』, 『마음도 쉬어가는 고개를 찾아서』 외 다수의 책을 펴냈다.

## 하나. 지리산 근처

세기말이 끝나고 바투 21세기가 시작되던 어느 봄날이었다. 바야
흐로 매화가 지천으로 흐드러진 지리산 악양 고을에서 몇몇이 모여
한창 꽃놀이에 여념이 없었다. 그 무렵에는 전주 모악산 기슭에 살
고 있던 박남준 시인과 서울을 버리고 구례 섬진강 변에 내려와 무
너진 무당집을 빌려 칩거하던 이원규 시인이 있었고, 쌍계사 사하촌
에서 찻집 '산녹차'를 운영하는 젊은 부부와 악양에 사는 목공예가
며 도예가까지 일행은 얼추 예닐곱이나 되었다.

푸른 매화 꽃잎을 따다 술잔에 띄우는 취흥이 적막해질 무렵, 일
행 중 누군가 지리산 반대편에 있는 남원 실상사에 주석하는 도법
스님 이야기를 화제로 꺼냈다. 실상사 주지 소임을 맡고 있는데 뭔
가 이전과는 다른 신선한 변화의 움직임이 감지되어 지리산 인근에
소문이 나돌고 있다는 것이었다. 그러잖아도 일행들은 지난 1994년
나라 안팎을 소란스럽게 했던 조계종 개혁 불사에서 총무원장 권
한 대행을 맡아 일사천리로 혁신을 감행하던 작달막한 체구의 승려
도법을 인상 깊게 기억하고 있었다.

그분이 그분이라는 얘기가 나오고, 곧이어 한번 만나 보고 싶다
는 얘기가 나오자 모두 고개를 주억거렸다. 나는 백두대간 고개 기
행을 다니면서 지리산에 올 때마다 실상사 방구들 신세를 지면서

도법 스님에게 차를 얻어 마신 인연을 내밀며 당장 실상사로 가자고 제안했다.

도법 스님은 이 무렵 실상사를 사부대중(비구, 비구니, 남자 불자, 여자 불자)이 함께 이끌어 가는 공동체로 탈바꿈하는 "신新 산중불교山中佛敎 운동"을 구상하고 있었으며, 더불어 지리산을 생명의 산으로 모시는 '생명평화운동'을 계획하고 있었는데 무엇보다 지리산 현장에서 이를 함께할 맞춤한 동지들을 찾고 있었다.

형편이 되는 대로 승용차를 나누어 타고 왕등재를 넘어 지리산을 반 바퀴 돌아 실상사로 갔다. 핸드폰이 흔하던 시절이 아니니 미리 연통을 넣을 일도 아니었고, 어차피 홀아비로 살다가 꽃놀이 나온 시인들인지라 어디를 간다고 해도 딱히 그뿐이었다.

불쑥 찾아온 대여섯 일행에게 차를 돌리며 도법 스님은 희색이 만면한 얼굴로 당신의 꿈을 풀어놓기 시작했다. 대자유인! 언제나 스님을 만나면 맨 먼저 가슴에 와닿는 한 마디다. 문턱을 넘어오는 발소리가 크든 작든, 내미는 명함에 적힌 직함이 무엇이든 스님은 전혀 개의치 않는다. 그저 언제나 똑같은 미소, 똑같은 눈높이로 상대를 맞는다. 항차 나무나 돌, 풀 한 포기도 그렇게 마주한다.

그렇게 일행은 지리산을 지리산답게 변모해 보려는 옹골찬 꿈을 품은 선지식과의 대화 속으로 몰입해 들어갔다. 당시만 해도 아직 환경운동이나 생명운동이 대중 속으로 깊이 뿌리내리기 이전이라

지리산을 중심으로 한 이 특별한 담화는 모두의 공감을 사기에 충분했다. 자리를 정리할 즈음에는 특히 지리산 자락에 깃들여 사는 이원규 시인과 쌍계사 찻집 주인이 큰 관심을 건네며 연락처를 주고받았다.

실상사를 나와 구례로, 화개로 각자 제 갈 길을 가고, 나는 박남준 시인과 함께 밤마다 처녀 귀신이 나온다는 모악산 산방에서 하룻밤을 더 묵고 이튿날 청주로 귀향했다. 그러나 내 발길이 미처 청주에 닿기도 전에, 전날 실상사에 함께 갔던 쌍계사 찻집 주인이 새벽에 불의의 교통사고를 당하여 유명이 엇갈렸다는 비보가 날아왔다. 이래저래 잊을 수 없는 봄날의 며칠이었다.

실상사 회동이 있은 지 채 보름도 되지 않아 구례 이원규 시인에게서 전화가 왔다. 섬진강 변 무당집을 정리하고 아예 실상사로 거처를 옮겼다는 것이었다. 빨라도 너무 빠른 추진력에 감탄할 겨를도 없이 그해 8월에는 곧바로 '지리산생명연대'의 전신인 '지리산살리기 국민행동'이 출범했다. 그때부터 지금까지 지리산을 생명의 산으로 되살리는 데 혁혁한 공로를 세운 환경단체가 탄생한 것이다. '지리산생명연대'는 몇 해 뒤, 설악산에서 지리산까지 백두대간을 지키는 환경단체들이 연합하여 만든 '백두대간 보전 단체협의회'의 지리산 파수꾼이 되어 활동 영역을 점점 넓혀 갔다.

무렵에 이렇게 지리산 생명평화운동에 가속도가 붙었던 이유는,

시시각각 밖에서 쳐들어오는 '지리산댐' 문제가 당면 과제로 떠올랐기 때문이었다. 실상사 앞으로 흘러 경호강이 되고, 남강이 되고, 낙동강이 되는 여울의 최상류에 부산 사람들이 먹는 식수원 댐을 건설한다는 계획이었다.

실상사를 중심으로 스님들을 비롯한 종교인들이 모여들고, 시민운동가와 환경단체, 문화 예술인들이 모여들었다. 차츰 지리산 권역의 시민들이 하나둘씩 뭉치는가 싶더니 바야흐로 전국 각지에서 응원의 손길이 날아들었다. 특히 이 무렵 좀체 세간에 모습을 내보인 바 없는 선방의 은둔 수행자들이 하나둘씩 세상 밖으로 출타를 감행하였는데, 그들 가운데 도법 스님의 도반이자 훗날 실상사 3인방으로 불리게 되는 수경 스님과 연관 스님이 제일 앞줄에 자리를 잡고 앉아 있었다.

지리산댐 문제가 타협점을 찾지 못하자 스님들이 먼저 움직였다. 일단 행동에 나서면 거침없이 정면으로 직진하는 돌격형 선봉장 수경 스님이 먼저 낙동강으로 달려갔다.

"부산 시민들의 식수를 위해서라면 지리산에 댐을 만들 것이 아니라 먼저 낙동강을 되살려 먹을 수 있는 물로 만드는 것이 순리 아니겠냐"는 사자후를 던진 것이다.

수경 스님은 순례단을 꾸려 낙동강 1천5백 리를 몸소 걸었고, 이원규 시인은 이때부터 순례 전문가가 되어 선두를 이끌었다. 마침 '풀꽃세상을 위한 모임'에서 실상사 3인방 스님들에게 '풀꽃상'을 수여하기로 했다는 소식이 전해졌다. 이 단체의 운영진과 함께 상주로 가서 순례 중인 수경 스님을 그때 처음 뵙고 인사를 올렸다.

그해 지리산에 첫겨울이 깃들기 시작하던 무렵 마침내 실상사 3인방 스님에게 '풀꽃상'이 수여되었다. 이듬해 봄에는 연관 스님이 백두대간 종주를 시작했다. "지리산댐보다는 낙동강을 먼저 살리자!"는 낙동강 순례와 백두대간 종주! 선방에서 화두와 더불어 유유자적하던 스님들이 속세로 나와 산길과 물길을 걸으며 생채기 난 대자연을 끌어안고, 야만적인 인간의 폭력으로부터 뭇 생명의 터전을 지켜 내고자 보살행을 실천하려는 것이었다. 그렇게 종주단은 수북이 쌓인 2월의 눈밭을 뚫고 백두대간 칼바람을 맞으며 지리산 천왕봉을 출발했다.


## 둘. 길 위의 나날들

2001년 3월 하순의 어느 날, 내가 일하던 청주 '백두대간 보전 시민연대' 사무실 전화벨이 울렸다. '지리산살리기 국민행동'에서 온 전화였다. 지리산을 출발한 종주단이 문경 대야산에 이르렀는데 예

기치 못한 문제가 발생하여 진행에 차질을 빚고 있다는 것이었다. 더불어 지리산에서 거리가 점점 멀어지면서 보급에도 문제가 생겨 도움이 필요한 모양이었다.

나는 단체 실무자들과 함께 문경 용추계곡으로 달려갔다. 그러나 현장의 문제는 우려할 만큼이나 심각한 상황은 아니었다. 도중에 하차한 일부 대원을 다른 사람으로 보충하고, 이제부터 종주단의 보급과 지원을 청주에서 맡기로 하면서 상황은 간단하게 수습되었다. 민박집에서 저녁밥을 마주하고 둘러앉은 자리에는, 이원규 시인을 비롯한 '지리산생명연대' 회원들과 평소 연관 스님을 흠모하여 각지에서 직접 먼 길을 찾아온 사람들까지 그야말로 왁자지껄 잔칫집 분위기였다.

"어~서 오세요오. 반갑습니다아~."

첫인사를 건네는 연관 스님의 목소리에는 특유의 정감 어린 장난기가 배어 있었다. 산문과 속세의 경계는 물론 저마다 살아온 연륜의 높낮이마저 슬그머니 무장해제 시켜 버리는 신기한 억양이었다. 젊은 시절에는 힘깨나 썼을 법한 육중한 풍모는 덥수룩하게 자란 수염과 어울려 그저 한 폭 달마상의 주인공이랄 수밖에, 달리 떠오르는 이미지가 없었다.

그 밤이 지나고 종주단은 희양산을 향하여 다시 힘차게 버리미기재를 출발했다.

종주는 수월하게 진행되었다. 산 아래는 바야흐로 만화방창 꽃 천지가 되었지만, 백두대간 마루금의 기온은 여지없이 밤마다 영하로 곤두박질쳤다. 그러나 대오를 새로 꾸린 종주단은 신바람이 났는지 엄청난 속도로 희양산을 지나고 이화령과 문경새재를 거쳐 북상을 거듭하였다.

청주 사무실은 정해진 업무를 보아야 했으므로 보급은 결국 내 몫이 되었다. 스님과 나는 금세 의기투합하여 마치 오랜 날들을 함께 지낸 스승과 제자라도 되는 것처럼, 큰 사형과 막내 사제쯤이나 되는 것처럼 날로 정분이 솟아났다. 중간중간 산행을 멈추고 장비나 식량을 점검하기 위해 하루 쉬는 날이면 스님은 백두대간 인근에 골골이 박힌 역사 문화 유적을 보러 가는 것을 좋아하셨다. 장장 2년 동안 백두대간 인근 마을과 문화 유적을 샅샅이 헤집고 다닌 직후였으므로, 나는 짬짬이 인근에 스님이 좋아하실 만한 유적지를 안내해 드렸다.

종주가 막바지에 이르자 조바심이 나서 결국 나도 배낭을 꾸렸다. 설악산 한계령에서 아예 종주단 대원으로 변신한 것이었다. 설악산 생태운동의 주역인 박그림 선생님 역시 이곳부터 종주단을 이끌어 주시마고 합류했다. 설악산뿐만 아니라 전국에 걸쳐 있는 백두대간 관련 환경단체가 모이는 자리마다 늘 든든한 맏형 역할을 하시는 분이었다.

짙푸른 동해 수평선을 굽어보며 꿈결 같았던 사나흘 동안의 산행이 진부령에 닿으며 마침내 백두대간 종주 대장정은 무사히 끝이 났다. 마지막 민통선 안에 있는 향로봉 산행은 흘리마을에 민박을 잡고, 이튿날 군부대의 허가를 받아 별도의 피날레로 이루어졌다. 지리산댐을 무턱대고 반대만 하는 것이 아니라, 산과 물이 어우러진 산천을 따라 자연의 순리대로 사는 세상을 만들어 가자는 기치 아래 지리산을 출발했던 70여 일에 걸친 백두대간 종주 대장정이 막을 내린 것이다.

백두대간에서의 첫 만남 이후 스님과의 인연은 세상 곳곳을 주유하는 일로 진일보했다. 스님이 주석하시는 실상사 수월암을 찾는 횟수가 점점 늘어만 갔고, 스님 역시 내가 새로 거처를 옮긴 천등산 박달재 아래 시골집으로 먼 길을 찾아오셨다.

스님은 안거 때가 되면 어김없이 선방으로 발길을 옮겼지만, 해제하고 나면 또 어김없이 어딘가를 걷는 순례 계획을 세웠다. 그때마다 나는 사나흘쯤에 한 번씩 필요한 물건과 먹거리를 싸 들고 현장으로 가거나, 때로는 홀로 걷는 스님과 함께 며칠씩 그 길을 걸었다. 그때 걸었던 길들이 낙동정맥, 남한강, 금강 같은 곳이었다.

강이나 산맥을 따라 걷는 장기 프로젝트가 아니라도 때때로 몇몇이 승용차에 실려 나라 산천 운수 행각을 떠다닌 것은 이루 다 기억할 수 없다. 그 가운데 스님이 너무도 흡족함을 감추지 못하여 기억에 남는 곳은 정선 동강 가수리의 강변 민박집이었다. 보길도 살던 강제윤 시인이랑 사내만 셋이서 떠난 길이었는데 태백으로 강릉으로 사나흘 정처 없이 떠돌다가 어느 저물 무렵 동강의 민박집에 들었다. 동네랄 것도 못 되는 서너 집뿐인 마을에 그나마 나머지는 빈집이고 허름한 외딴 농가에서 안면이 있는 단골들에게만 민박을 주는 집이었다. 내주는 방도 딱 하나뿐이었는데 옛날 쇠죽이 끓던 시골 외갓집의 문간방을 찍어 낸 듯 닮았다. 마당에 찰랑거리는 동강에서 거두어 끓인 민물매운탕이란, 당연지사 천하제일일 수밖에 없었다.

아래위로 십 리 길에 도통 인가라곤 하나 없는 그 영화 세트장 같은 외딴 민박집이 얼마나 마음에 드셨는지 스님은, "좋다, 좋아! 하여튼 안목이 대단해."를 연발하셨다. 물안개 피어오르는 새벽 강가에 나가 단 한 순간도 쉬지 않고 흐르고 또 흐르는 우리네 운수를 닮은, 저 아득한 시공의 은물결을 빙긋이 바라보시던 스님의 염화미소가 새삼 그립다.

## 셋. 시멸, 그리고 이별

청주 오송역을 떠난 KTX 열차가 부산에 도착한 것은 2022년 6월 15일 오후 1시 무렵이었다. 연관 스님 이야기가 맨 첫머리에 등장하는 『봐라, 꽃이다!』라는 책을 집필했던 김영옥 선생과, 그 책을 펴낸 호미출판사 조인숙 사장이 먼저 도착하여 기다리고 있었다. 연관 스님이 백두대간을 종주하던 이십여 년 전부터 현장에서 인연을 맺어 온 반가운 얼굴들이었다.

점심때가 지났으므로 되는대로 점심을 간단히 기우고 택시를 잡아 사하구에 있는 관음사로 갔다. 송광사의 분원으로 운영하는 관음사 비탈길을 기어올라 요사채로 들어서니 수경 스님이 동안에 흘러갔던 날들의 정황을 대충 정리해 주셨다.

연관 스님은 당신 생애의 마지막 몇 해를 봉암사 동암에 머물렀다. 코로나 진단 때문에 찾은 병원에서 이미 속절없이 번져 버린 암 덩어리를 발견하고는 몇 가지 대안으로 제시된 일체 치료를 거절하고 다시 봉암사로 돌아오셨다고 했다. 그리고 결제 안거 중인 봉암사 선방 스님들의 수행을 방해하지 않기 위하여 당신의 '입멸처'로 부산 관음사를 낙점한 것이다.

우리가 찾아간 날은 스님이 이곳으로 온 지 꼭 보름째 되는 날이었다. 처음 며칠은 곡기를 좀 입에 묻히셨지만, 이내 끊어 버리고 일주일을 더 견디다가 마침내 물도 한 모금 삼키지 않은 것이 이미 사흘째였다. 오늘부터는 아예 사람이 와도 아는 체를 하지 않으므로, 이제 임종이 가까운 듯싶다고 누군가 귀띔을 했다.

스님이 누워 계시는 방은 어둡지는 않았으나 곁을 지키며 염불하는 몇 분 스님들과 간단없이 이어지는 연관 스님의 거친 숨결로 사뭇 무거운 분위기였다. 스님은 진통제마저 거부하고 온몸으로 견디는 육신의 고통을 허공으로 밀어내려는 듯 왼쪽 팔을 세운 채로 아직은 굵고 거친 호흡을 힘겹게 토해 내고 있었다. 함께 간 김영옥 선생이 다가가 스님의 그 왼팔과 손을 받치듯 부여잡았을 때, 한때 인연했던 세상의 저녁 햇살 한 가닥을 잠시 돌아보려는 듯 짧은 고요가 흘렀다.

그때 스님은 분명 죽어 가는 것이 아니었다. 오히려 죽음을 불러들이고 있었다. 진짜 죽음이 오기 전에 서둘러 스스로 죽음을 끝내려는 수행자의 단호함, 곧 시멸示滅이었다. 그래야만 진짜 죽음이 왔을 때 이미 스스로 죽음을 마쳤으므로, 죽음이라고 와본들 그저 헛걸음이 될 것이 자명하였다. 죽음이 끝낼 수 있는 것은 오직 단하나 죽음뿐이므로, 죽음을 서둘러 끝낸 수행자의 온전한 그 모든 것들은 손끝 하나라도 죽음이 건드릴 수 없으므로, 마침내 순연한 것들이 이끄는 반야용선般若龍船의 뱃전에 올라 당신 고향으로 돌아가려는 것이었다.

중생들이 삶과 죽음이 둘이 아니라는 것을 좀체 믿지 않으므로 부처님도 굳이 죽음을 꺼내 보였다. 오고 감이 없다는 것을 잘 알면서도 맨발로 팔십 평생을 처음부터 끝까지 모두 걸으셨던 부처님 아니던가? 삶이 아직 한창일 때 스스로 죽음을 끝내고, 죽음을 지나 표연히 저편 기슭으로 건너가는, 이번 생의 마지막 예식을 봉행하는 스님의 고별 법회는 사뭇 외경스러웠고 또 장엄하였다.


관음사 주지 지현 스님이 손님들을 위해 마련한 팥죽으로 저녁 공양을 했다. 살아야 하는 자들은 또 먹어야만 했다. 큰 비탈길 건너 숙소로 쓰는 요사에 방을 하나 배정받고 여장을 푼 뒤 오랜만에 만난 그리운 인연들과 채 두어 매듭 지난날의 이야기를 풀어 가던 중에 누군가의 전화벨이 울렸다. 우리는 그 전화기를 타고 건너올 소식이 무엇인지 모두 알고 있다는 듯 일순 눈길이 마주쳤다. 이승의 시간은 8시를 지나고 있었다. 나는 마지막 인사이자 동시에 첫인사를 올렸다.

"스님, 편안하시지요?"

세상의 하늘과 대지의 무게를 궁량하던 수행자가 버리고 간 육신은 이튿날 아직 이승에 남은 이들의 손에 들려 입관되었다. 하루가 더 지나면 통도사 다비장에서 흰 연기 검은 연기 몇 줄에 어우러져 이고득락할 것이었다. 집에서 몇 년째 신부전을 앓고 있는 고양이를 두고 온 나는 부랴부랴 청주로 올라가 고양이 수액 주사를 놓아 주고 밥과 약을 먹인 뒤에, 다시 다비식이 열리는 날 통도사로 갔다.

'비구比丘 연관然觀.'

관음사에서 통도사까지 장례가 거행되는 내내 위패에는 그렇게 단출한 한마디로 어떤 수행자의 생애와 품격이 적혀 있었다. 울긋 불긋 슬픔이 일렁이는 와중에도 나는 그 위패에 적힌 한마디가 그렇게 자랑스러울 수 없었다. 그 위패 하나만으로도 나라 산천에 혹여 분분히 휘날리는 그 어느 선가의 깃발인들 부러울 게 없었다. 실로 검박하고 당당한 가풍이었다.

그리 긴 시간이 흐르지 않았지만, 그 후로 아직 스님을 뵙지 못했다. 입적하기 서너 달 전, 해제를 마치고 전화를 주셨기에 곧 뵈러 가겠다고 나눈 허튼 통화가 마지막 목소리였다. 그리움은 비 오는 밤 몰래 문풍지를 건드리다 가는 바람의 뒷걸음처럼 내다보면 금세 사라지고 없었다. 이생의 인연은 거기까지였다. 글을 마치려니, 조선의 완벽한 유학자였으며 때때로 무장이었던 초정 박제가朴齊家(1750~1805)가 남긴 글 한 토막이 떠오른다.

아! (嗟乎)

형체만 남기고 가버리는 것은 정신이요, (形留而往者神也)

뼈는 썩어도 남는 것이 마음이다. (骨朽而存者心也)

이 말의 뜻을 아는 자는 (知其言者)

생사와 이름 밖에서 그를 만나게 되리라. (庶幾其人於生死姓名之
外矣)

2006년 동안거 해제일, 봉암사에서 수월암으로 가는길

# 생명평화 탁발순례에서
# 만난 연관 스님

**남난희**

백두대간 단독 종주. 강가푸르나 등정. 지은 책으로 『하얀 능선에 서면』 등이 있다. 스위스 킹 알버트 마운틴 어워드 수상. 현재 미국 Pacific Crest Trail을 종주 중이다.

나는 불교 신자가 아니다. 매일 산행 중에 암자에 들러 108배를 하지만 불교 신자여서가 아니라 산속에 암자가 있고 그리고 암자의 주인이 부처님이기 때문에 인사로 그렇게 하는 것이다. 매일 부처님과 만나면 어제 일어난 일도 이야기하고 잘한 일은 자랑도 하고 잘못한 일은 반성도 한다.

간혹 기분 상한 일도 이야기하고 마음에 들지 않는 일을 당하면 일러바치기도 한다. 그날 할 일을 이야기하고 응원을 바라기도 한다. 별로 할 말이 없으면 그냥 절만 하기도 하고 "감사합니다"만 반복할 때도 있다. 때로는 고마운 사람들 이름을 한 명씩 부르며 절을 하기도 하는 일상이다.

만약 부처님께서 나의 말에 일일이 대답을 하신다면 나는 아마 그러지는 않을 것이다. 말 없는 부처님께서는 그냥 지긋이 바라보실 뿐이다. 나는 그 일상이 참 좋다.

그렇게 내가 불교 신자도 아니면서 절에서 예배를 드리는 것은 어려서부터 스님들을 비교적 많이 만나서 절 환경이 낯설지 않아서일지도 모르겠다. 그리고 산을 다니는 나는 산의 일부처럼 보이는 절을 자주 접했고 그래서 절은 나의 또 다른 산일 수 있겠다.

연관 스님을 처음 뵌 것은 아마 '생명평화 탁발순례' 때였을 것이다. 아니 어쩌면 그 이전인지도 모르겠다. 내 지인들 중에 연관 스님과 친한 사람이 몇 있어서 그들과 함께 뵈었을 수도 있었겠다.

스님의 모습을 어떻게 정의를 내릴까.

정다운 이웃집 아저씨라고 하기에는 내게 정다운 이웃집 아저씨가 없으니 잘 모르겠고, 다정한 오빠 같다고 하기에도 내게는 오빠가 없으니 그렇고. 이렇게 얘기해도 된다면 그저 무덤덤한 친구 같은 느낌이랄까.

스님은 무심한 듯한 무덤덤함 속에 사람을 관찰하는 예리함을 보이셨다. 특히 전문가를 보시는 눈은 더 그러셨다. 어떤 분야의 전문가든 그 사람을 예리하게 관찰하고 난 다음, 당신이 그를 인정했을 때 정말 그를 존중해 주셨다. 정성을 다해서 찬사를 보내고 상대가 우쭐해지도록 만드셨다. 당연히 산 전문가로 나도 스님의 아낌없는 찬사를 받았다. 그 우쭐함이라니!

연관 스님도 산을 전문가만큼 좋아하셨고 많이 오르내리신 것으로 알고 있다. 산을 좋아하고 오르내리는 분이니 당연히 산에서의 모든 것 즉 배고픔, 갈증, 추위와 더위 등 그 모든 고행과 산이 잠들고 깨어나는 것, 떠오르는 해, 노을, 밤하늘의 별, 겹겹이 흐르는 능선들, 온갖 자연의 소리들까지 그 풍광을 다 알고 계시고, 원 없이 힘들고, 원 없이 땀 흘리고, 원 없이 행복한 그 느낌을 다 알고 계신 분이다.

스님과 나는 단둘이 만난 적은 단 한 번도 없었지만, 누구와 함께 만나든 짬짬이 산 이야기를 했고 특히 백두대간 이야기를 많이 했다.

스님은 나의 젊은 날의 역사인 백두대간 종주를 기막혀하셨다. 어떻게 그 나이에, 혼자서, 그것도 한겨울에, 길도 없는 산 능선을 76일간이나 걸을 수 있었는지 감탄하셨다. 하지만 스님은 남들이 다 묻는, 여자가 혼자서? 그리고 무섭지는 않았느냐는 묻지 않으셨다. 가장 많이 받아 본, 그래서 약간 지겨운 너무나 빤한 질문은 하지 않으셨다. 나는 그것이 마음에 들었다.

당신도 걸어 보셔서 더 잘 알았을 것이다. 그 길이 얼마나 모든 요소를 다 가지고 있는 길인지를. 얼마나 고행의 연속이고 얼마나 깊은 환희를 주는지를.

스님과 나는 반쪽짜리 백두대간을 아쉬워했고 어찌하면 북쪽 백두대간까지 연속으로 이어 갈 수 있을까를 이야기했다. 그 당시나 지금이나 별 뾰족한 수가 없기는 마찬가지라 너무 막연하기만 했고 끝말잇기를 하다가 단어가 끊어진 것처럼 다음 말을 이을 수 없고는 했다.

한참 생각이 허공에 맴돌다가 스님께 제의를 해봤다. 스님은 종교인이시니까 종교적 차원에서 접근을 하시면 어떻겠냐고, 그냥 민간인보다는 더 어렵지 않게 접근하실 수도 있지 않겠냐고.

스님께서는 공허하게 웃으며 말머리를 돌리셨다.

"남 보살이 북쪽 백두대간을 가면 당신이 짐꾼으로 따라가고 싶다"고 농담 반 진담 반으로 웃으며 말씀하셨는데 어쩌자고 스님은 먼 길을 가시고 말았다.

언젠가 백두대간이 이어지고 호호 할머니가 된 내가 백두대간 길을 나설 때, 내 짐은 누가 메고 가나?

스님은 이제 자유롭게 백두대간을 넘나드실까?

철조망도 총부리도 걸림이 없고

사상도 이념도 지리산 반달가슴곰이나 백두산 호랑이에게 던져 주고

그물에 걸리지 않는 바람처럼 그렇게 넘나드실까?

날개를 띄운        스님 국수 드시고
큰 별 하나        싶으신가요

박남준

시집 『어린 왕자로부터 새드 무비』, 『중독자』, 『적막』 등과 산문집 『꽃이 진다 꽃이 핀
다』, 『스님 메리 크리스마스』 등을 펴냈다. 천상병시문학상, 조태일문학상, 임화문학예
술상 등을 수상했다.

# 날개를 띄운
# 큰 별 하나

참 많이도 걷고 걸으셨지요
이제 스님의 발자국 여기 멈추었구나
발자국, 생명이 태어나 세상을 건너가는
저마다 수많은 발자국처럼
나무들이 때가 되어 옷을 벗고 다시
돌아올 시간을 예비하듯이
한 사람의 생명 또한 지금 이 자리
인연의 시간에 따라 그가 이 땅에서 입었던
한 벌의 옷을 벗는 것과 다름 아니겠는가
누군가는 떠나고 누군가는 멀어지기도 할 것이다
그리하여 또 누군가는 남아
떠나간 자리 오래도록 들여다볼 것이다

떠난다는 말은 지금 이 자리로부터
발걸음을 다시 시작하겠다는 말일 것이다
정녕 잊힌다는 말이 아닐 것이다
함께 했던 날들이 나무들의
동그란 나이처럼 쌓이며 시퍼렇게 살아오네
거기 절 마당의 목탁 소리를 돌아
갈기를 일렁이는 사자의 걸음으로
당장이라도 당당하게 들려올 것 같은데
스님의 발자국은 피안의 어느 모퉁이를 돌아
훨훨 우주 자연의 영혼으로 가시고 있는 것일까

떠난다는 말은 다시는 얼굴을
볼 수 없다는 말이 아니겠지요
아예 사라진다는 말이 아닐 것입니다
연관 스님, 이번 생은 땡중이라 다음 생은 꼭
맑은 중으로 태어나 살고 싶다는 말씀
기억합니다
그렇게 다시 오십시오

오늘 밤하늘에 비로소
스님이 오래도록 키우며 베푼
법공양의 날개를 달고
환한 별 하나 떠오르겠지요
스님의 마음속에 고리고리 곰삭은 인연들의 사랑
우리는 오래도록 그 하늘을 쳐다보겠습니다

낙동강을, 한강을, 금강을, 영산강을, 섬진강을
성큼성큼 백두대간을 이 나라 산경도의
쭉 뻗은, 구불거리는 정맥들의 산길을
저 먼 히말라야를, 위아래 없는
불법 세상의 수미산을 펼치며 걸어가시던
맑고 밝은 순례자
스님의 발자국을 기억합니다
텁수룩한 수염을 기억합니다
벌써 보고 싶습니다 연관 스님

# 스님
# 국수 드시고
# 싶으신가요

눈 내리는 겨울과 꽃 피는 봄여름, 뜰 앞에 풀벌레 소리 서러운 가을이 오고 다시 겨울 가고 봄, 여름입니다.

*

전화가 왔다.

지금 지리산을 등반하고 있는 스님인데 내일 구례 방면으로 하산 하신답니다. 그런데 형을 만나고 싶다고 하네요.

올 수 있냐는 물음.

아 그래? 어떤 스님인데? 그래 갈게.

내가 지리산 자락으로 이사 오기 전 전주 근교 모악산에 살 때였다. 그렇게 스님을 만났다. 텁수룩한 수염의 산 사나이였다. 첫인상이다.

*

늦은 밤 전화가 울린다.

남준 씨, 지금 올 수 있어요.

네? 이 시간에요? 저는 차도 없고 그런데요.

택시 타고 오면 택시비 주시겠다고 하신다.

네 한번 알아보고 연락드릴게요.

핸드폰도 없던 시절 하동에서 택시를 불러 타고 수월암으로 향했
다. 눈발이 날리는 겨울밤이었는데 스님이 택시비를 들고 수월암 앞
에 나와 기다리신다. 겨울밤 눈은 내리고 문풍지도 적막한 잠에 들
었는가 두런두런 차담으로 밤이 깊어가고….

*

수월암에 갔다. 수월암을 한글로 풀어서 현판을 걸고 싶은데 어
떻게 해야 좋을까, 시인의 감성으로 당호를 써와 보라신다. 그 수월
암에 내가 '줄 풍경'이라 말했던 윈드 차임이 바람을 부르며 춤을 추
고 있었다.

스님 풍경이 노래하네요.

숙제는 끝내 이뤄지지 못했다. 내 그때 뭐라고 했던가? '자비가
물에 비친 달처럼 환한 집'이라고 했을까?

*

스님이 오셨다. 보따리를 풀어 놓으시는데,

어? 그거 수월암에 걸려 있던 거 아녜요?

윈드 차임이었다.

내가 아주 잠시 욕심을 내었는데 그걸 아셨던 것일까. 그런데 스님 말씀인즉 이게 또 하나 생겼다고 그래서 가져온 것이라고 하신다. 이내 내가 발칙하게도 대답을 했다.

고맙습니다, 잘 걸어 두고 바람의 노래를 들을게요가 아니다. 아니 뭐라고요. 새것이 왔다고요. 그럼 이왕 선물을 하실 거면 새 걸 선물로 가져오실 것이지 쓰던 헌것을 가져오셨다고요?

그랬더니 허허⋯ 허참, 허참 하며 스님이 너털거리셨다.

*

수월암 흰동백의 자태가 참 고왔다. 어느 봄이었나. 수월암의 쥐똥나무 울타리를 정리하며 제주도에서 온 그 흰동백나무 가지를 전정했는데 전정을 한 나뭇가지를 가지고 와서 삽목을 해놓았다. 그 삽목한 가지들 잘 살았느냐고 스님이 물었다.

아니요. 잘 살다가 그만 겨울에 얼어 죽었어요.

그랬는데 집에 있느냐는 연락, 그리고 이내 붕붕 차 소리가 났다. 제주도에 사시는 분께 연락을 해서 그분이 차를 가지고 나오시는 길에 흰동백나무 한 그루 부탁해서 같이 싣고 오셨다. 악양 동매마을 심원재에 사는 기품이 고절한 흰동백의 내력이다.

*

스님, 스님과 함께 강을 따라 사대강 운하 건설을 걱정하며 걷던 생명의 강을 모시는 사람들 걸음걸음 참으로 행복했습니다. 젊은 날 수행하는 이의 번뇌와 고행과 유혹과 간절한 구도를 말씀하시며 눈시울이 뜨거워지시기도, 두물머리 언 강을 미끄럼 타며 아이처럼 즐거워하시기도 했지요.

발목이 푹푹 빠지는 눈길을 걸으며 피안으로 가는 길이 이런 걸음일까, 그런 향기로운 꿈결을 펼치며 가던 날이 그립습니다.

*

내내 마음에 걸리셨나 보다. 새로 받아 걸어 놓으셨던 윈드 차임, 수월암을 떠나 희양산 봉암사 동암으로 가신다며 가져오셨다. 구례 연관마을 앞을 지날 때마다 스님 생각이 납니다.

동안거, 하안거, 안거를 마치고 남쪽 바다며 황태 덕장, 욱철이 부부 어찌 사는지 궁금하다며 정선 덕산기 골짜기를 찾아 헤매던 길이며 자작나무 숲에 눈 내리는 강원도 여행도 두고두고 생각합니다. 문밖 노래하는 줄 풍경이 바람의 춤을 출 때 문득 스님이 오셨나 옷매무새를 여미기도 합니다.

*

스님, 이제야 밝힙니다만 스님이 번역하시고 초록하신 『죽창수필』과 『산색』을 보고 제가 그 다음에 낸 시집 사인을 할 때 작은 산들이 어깨를 두르고 가는 그림을 스억 그리고 그 산자락에 '먼 산빛 같은 마음으로 맑고 고요하게'라며 쓰게 된 까닭이 거기 비롯된 것입니다.

어디 그뿐만이겠습니까. 녹차 마시는 백자 다기가 없다고 하자 선뜻 내주신 백자 다기며, 수월암에 생태 화장실을 지어 놓고 천왕봉이 바라보이는 풍경이 으뜸이라고 자랑을 하셨던 그 화장실에 소변이 분리 배출되는 용기도 이제 우리 집 화장실에 와서 쓰이고 있습니다. 그리고 보니 심원재 곳곳에 스님과 연관된 기억이 배어 있습니다.

스님이 기거하시던 수월암이며 실상사 극락전 장지문에 제 시, 〈동백〉을 쓰라고 하셨는데 수월암에서는 제가 술이 과해 한쪽 문을 다 걷어 내고 다음 날 새로 창호지를 바르던 일이며 봉암사 동암 겨울 채비를 한다고 뽁뽁이를 덧대러 다니던 날들, 그리고 텃밭에서 키워 무친 고수나물이며 제 시…

국수

한때 언제 국수 먹게 해 주냐는 말 무수히 들었다
그 말에 날 잔뜩 세우기도 했다
국수 먹게 해 주냐는 말 점점 무심해졌다

박남준 | 스님 국수 드시고 싶으신가요

국수 먹게 해 주냐는 말 점점 듣지 않았다
국수 좋아한다 국수 장사 하자는 소리
그럭저럭 간간하고 심심치 않게 들었다
후루룩~ 나 한국수 한다
국수, 스님을 미소 짓게 한다고 승소라 부른다는
그 스님도 내가 끓인 국수 먹고 싶다고 했다
사람들 내 국수 참 많이도 먹었다

여기 나오는 스님이 연관 스님이라는 것 아시지요. 작년 겨울에도 스님을 기다리며 자라던 텃밭에 고수나물이 다 쇠어 꽃이 하얗게 피었습니다. 이제 고수나물이며 그 국수 다시는 해드릴 수 없네요.

스님, 제가 말은 국수 드시고 싶으시면 바로 부르세요. 제 행동이 굼뜨고 한없이 느려 터졌다고는 하지만 오래 기다리시지 않게 얼른, 소화 잘 안 되는 밀가루 말고 쌀국수나 메밀국수로 냉국수면 냉국수, 따뜻한 온면이면 온면으로 삶아 도로르 도르르 채반에 곱게 담아 건너갈게요.

박남준, 연관 스님

순례자의 아침
- 연관 스님

박두규

1985년 〈남민시南民詩〉 창립 동인으로 작품 활동 시작. 『은목서 피고 지는 조울躁鬱
의 시간 속에서』 등 여섯 권의 시집을 펴냈다. 산문집으로 『生을 버티게 하는 문장들』
등이 있다.

새벽녘, 부옇게 동터오는 숲 너머로
밤새 흘러온 고단한 강줄기가 보였다
안개 자욱한 강가
고요 속 물소리가 만트라로 흐르고
어둠은 조금씩 안개와 함께 벗겨지고 있었다
풀숲에서는 새들이 날아오르고
은빛 물고기들이 강을 거슬러 오르는 아침
마침내 강은 눈부시게 빛나며
새로운 아침을 맞는다

어둠의 강줄기를 밤새 걸어온 순례자의 아침
날은 밝았으나, 아니 밝았으므로
더 걷기로 한다
한생을 걸어도 떠나보내지 못한 것들
새벽녘 서늘한 바람이 이마를 적셔도
문득문득 마음을 어지럽히며
저잣거리를 떠도는 세상살이의 슬픔들
깊은 바다 속 납작 엎드려 조용히 숨을 쉬는
가엾기만 한 욕망의 찌꺼기들
모두 스스로 떠날 때까지

박두규 | 순례자의 아침 - 연관 스님

걷기로 한다, 더 걷기로 한다

비가 오고 눈이 내리는 일처럼
어찌할 수 없는 세월을
걷고 또 걸어야 했던 순례자여
이승의 업은 다 사르고 가셨나이까
고고苦苦, 행고行苦, 괴고壞苦
그 모든 괴로움도 집착도 갈애도
다 떨치고 가셨나이까
순례자여, 보리살타의 현현처럼
구도의 길을 거침없이 걷고 또 걸었으니
이제 이승의 걸음도 다 걸어
태어남도 죽음도 없는 그곳에 이르셨나이까

잘 가셨소. 스님
어린아이가 자라서 어른이 되고
씨앗이 자라서 나무가 되는
세속의 일은 이제 남은 이들의 일이거니
스님은 그대로 법계에 머무르소서
가여운 것들은 가여운 대로

사랑하는 것들은 사랑하는 대로
있는 그대로의 세속을 또 살아갈 것이니
이제 생사굴곡의 세상은 잊고
부디 극락왕생하소서
여여생생하소서

*

나는 20여 년 전 실상사에서 세 스님을 만났었다. 도법 스님, 연관 스님, 수경 스님, 이분들은 도반으로 함께 실상사에 머무르셨다. 이후 도법 스님은 '생명평화 탁발순례'를 하시며 세상에 나왔고, 수경 스님은 문규현 신부님과 함께 새만금 삼보일배를 하시며 세상으로 나오셨다. 연관 스님은 이후로도 계속 선방을 전전하시며 세수 일흔의 나이를 훌쩍 넘기도록 경전을 옮기며 정진에 매진하셨다. 그 연관 스님이 얼마 전 입적하셨다. 죽음을 맞이하여 곡기를 끊고 좌선하시다 이내 물도 끊고 스스로 생을 마감하셨다. 가시는 날까지 오로지 구도자의 삶으로 한생을 사셨다.

대나무 그림자 뜰을 쓸어도
먼지 하나 일지 않고…

법인

실상사 한주로 있다. 1995년 실상사 화엄학림 1기 학인으로 초대 학장인 연관 스님과
인연을 맺었다. 연관 스님에게 배운 경학을 토대 삼아 화엄학림 1기 출신인 해강 스님
을 중심으로 법인, 오성, 오경, 고경 스님이 『화엄현담』을 번역·주해하였다.

몇 달 사이 알고 지내던 칠십 대 중반의 스님 세 분이 세상의 인연을 접었다. 세간에서는 죽음이라 부르지만 우리는 이를 입적入寂이라고 한다. 고요하고 평온한 세계와 한몸이 되었다는 뜻이다.

먼저 종광 스님이 세연을 접었다. 종광 스님은 내가 실상사 화엄학림 시절, 내게 화엄경을 강의해 주신 스님이다. 다음은 수원 용화사 성주 스님. 학인 시절 내게 학비를 후원하며 애지중지 정을 듬뿍 주었던 스님이다. 입적하기 전, 병문안을 했는데, 그때도 책을 사 보라고 돈을 주려 했다. 극구 사양하고 약간의 병원비를 드렸다. 허허 웃으시던 모습이 지금도 선하다. 6월 15일에는 연관 스님이 적멸에 들었다. 몇 달 사이 절친하던 세 분 스님을 보내 드리고 난 지금, 제행무상과 생자필멸을 말하지만 그래도 가슴 한편이 애틋하고 시리다.

이제 연관 스님 얘기를 시작한다. 스님은 세수 74년, 법랍(출가수행 햇수) 53년을 이 사바세계에 머무셨다. 스님은 김천 직지사로 출가했다. 한학에 조예가 깊은 스님은 출가 이후 경학 연찬에 전념했다. 많은 학인들 중에서 연관 스님은 유독 경전을 손에서 놓지 않는 성실한 학승이었다고 한다. 다른 일에 그리 관심을 두지 않고 한문 경전을 보는 일에 늘 재미를 누렸다. 불교계에서는 대강백으로 이름난 직지사 관응 스님의 관심과 사랑을 독차지했다. 같이 수학하던 스님들의 말에 의하면 관응 큰스님이 제자 연관 스님을 짝사랑할 정도였다고 한다. 그만큼 연관 스님의 경전을 보는 안목을 높이 샀던 것이다. 경학 연찬 이후 스님은 으레 스님들이 그러하듯 선원에서 참선 정진했다. 이른바 선교겸수禪敎兼修의 조계종 가풍에 충실했다.

나와 연관 스님의 인연은 1995년에 처음 시작했다. 지금 내가 머물고 있는 지리산 실상사에서다. 1994년 조계종 개혁을 마무리하고, 지금은 실상사 회주로 있는 도법 스님과 수경 스님, 얼마 전 입적한 종광 스님 등이 승가 교육의 혁신과 심화를 위해 실상사에 학교를 만들었다. 실상사 화엄학림이다. 화엄학림은 승가대학을 졸업한 학인들이 화엄경을 공부하는 전문 교육 기관이다. 그때 강사가 연관 스님과 종광 스님이다. 수경 스님이 물심양면으로 학인들을 후원했고 도법 스님은 우리와 함께 꼬박 강의장에 들어와 청강하며 토론에 불을 붙였다.

처음 공부한 과목은 화엄학 개론서인 중국의 청량 징관이 저술한 『화엄현담』이었다. 6개월 동안 연관 스님은 나를 포함한 다섯 명의 학인들에게 한문 원전으로 강의했다. 어찌나 꼼꼼하게 해독하는지 몹시도 괴로운 날이었다. 광대한 화엄의 세계도 벅찼지만 정밀하게 해독해야 하는 고역도 이만저만이 아니었다. 그 정확한 해독 덕분에 조금이나마 경을 보는 눈이 넓어졌다. 그런 씨앗으로 나는 대

학원에서 화엄사상을 주제로 논문을 완성했다. 스님을 보내고 난 지금, 오랫동안 스님의 은혜를 잊고 살았음을 알았다. 스님은 실상 사에서 7년 정도 강의했다. 연관 스님은 실상사 화엄학림 강의 이후, 봉암사를 중심 도량으로 20여 년 넘게 참선 정진에 몰두했다.

나는 지금 매우 담담하게 이 글을 서술하고 있다. 그건 연관 스님의 생애가 그러하기 때문이다. 경전을 탐구하고, 화두를 들고, 선정에 들고, 경전을 번역하는 일. 이 세 가지 일에 성실한 삶이었다. 고요하고 담담하고 담백하게 삶을 걸으신 스님이다. 그리고 산에 오르기를 몹시도 좋아했던 연관 스님. 백두대간을 오르내리며 호연한 기쁨을 누리셨다. 같이 산에 오르면서, "법인 스님, 이 꽃 이름이 뭔지 알아?" 물으시며, 온갖 나무와 꽃 이름을 줄줄이 설명하던 천진한 모습이 떠오른다.

스님은 생애 20년을 봉암사에 머물며 참선과 경전 번역을 겸행했다. 그러다가 올해 갑자기 병을 얻었다. 진단을 해보니 이미 회복하기 어려운 상황이었다. 수경 스님과 도법 스님이 봉암사로 병문안을 다녀왔다. 그러고 얼마 지난 이후, 도법 스님이 부산 관음사로 스님을 보러 가자고 해서 동행했다. 부산 관음사는 요양 시설을 잘 갖춘 절이다. 스님은 당신이 머물던 봉암사가 지금 하안거 정진 중이니, 참선하는 선승들에게 피해를 줄 수 없다며 관음사로 몸을 옮기고 싶다고 했다. 평소 깔끔한 성정을 여실하게 보여 준 스님의 처신이다.

관음사에서 스님을 뵈었다. 기력이 쇠진하여 말을 거의 못 하셨다. 눈으로 담담하게 우리 일행을 맞는다. 오랜 도반인 도법 스님이 말없이 연관 스님의 손을 잡았다. 그 고요하고 먹먹함이라니! 도법 스님이 말한다.

"법인 스님도 왔어."

스님이 작은 미소를 지으며 말한다.

"알지."

담담하다. 자리를 뜨기 전에 도법 스님이

"그래, 잠 좀 자고 쉬어."

그렇게 말하고 수경 스님과 함께 돌아섰다. 마지막 만남일 거라는 시린 심정으로 등을 돌리고 나서는데 스님의 한마디가 들린다.

"잘 가시오."

순간 우리들의 가슴이 울린다. 우리가 들은 스님의 마지막 말이다.

"잘 가시오."

우리가 또한 스님에게 침묵으로 건네는 작별 인사이기도 하다.

"스님도 잘 가시오."

이미 관음사에서 15일 동안 연관 스님의 마무리는 알려졌다. 연명 치료를 하지 말라고 부탁했다. 그리고 입적 며칠 전에 음식을 넣지 말라고 했다. 그러고 사흘 후에는 물을 마시지 않았다. 물을 끊은 후 사나흘 만에 입적했다. 그렇게 간명하게, 담담하게, 고요한 세계로 들어갔다. 나무아미타불 나무아미타불 나무아미타불….

스님은 수중에 남은 약간의 돈을 어려운 이웃에게 나누라는 뜻을 남겼다. 남은 도반들은 스님의 가풍에 맞게 간략하게 영결식을 봉행하고 통도사에서 다비(화장)를 했다. 위패도 소박했다.

'비구 연관'.

내가 '조계종 역경종장 연관 스님'이라고 위패에 적자고 했는데, 수경 스님이 단호하게 말한다.

"그건 연관이 가풍에 맞지 않아."

스님의 마지막을 하루도 쉬지 않고 수경 스님이 지켰다. 두 분 사이는 이미 많은 사람들이 안다. 수경 스님은 통도사에도 간곡하게 부탁했다. 결제 안거 중이니 선원과 통도사 대중에게는 알리지 말고 다비장만 사용하게 해달라고. 담백한 연관 스님의 뜻을 존중한 부탁이었다. 다비를 마치고 실상사로 돌아왔다.

다비 이후 여러 지인들이 말을 전했다. 연관 스님의 법구가 화구에 들어갈 때, 수경 스님이 관을 두 번 탁탁 치고 짧막하게 작별을

고했다.

"잘 가~."

나무아미타불! 이미 잘 간 연관 스님에게 또 '잘 가'라니. 연관 스님은 이미 고요한데, 그래도 서운하여 애틋함을 전송한 수경 스님의 마음인가?

실상사가 만든 '21세기 약사경'에서 우리는 이렇게 발원하고 있다.

삶을 좋아하고 죽음 혐오하는 미혹 문명 내려놓고
죽음도 빛나고 삶도 빛나는 깨달음의 밝은 문명 피어나게 하옵소서.

불교의 생사관은 죽음에 대한 견해가 분명하다. 죽음은 두렵고, 무섭고, 혐오스러운 것이 아니라고. 그건 육신의 죽음에 대해 사람들이 만든 '생각'이라고. 그런 '관념'이 곧 죽음의 정체가 아니라고. 그건 생과 사의 참모습을 알지 못하고 생에 대한 집착과 편견이 만든 망상이라고. 그럴 것이다. 살아 있을 때 진실하고 집착 없으면 죽음에 이르러 홀홀 사바의 옷을 기꺼이 벗을 수 있을 것이다. 그러나 나는 이런 생각을 나름 갖고 있지만 죽음에 직면할 때 담담하고 기꺼이 받아들일 수 있을지는 그때 가봐야 안다. 그래서 평소 이에 대해 섣불리 말하지 않는다. 그럼에도 죽음을 맞이하는 마음은 단단하게 다질 필요는 있다.

다시 연관 스님을 그려 본다. 그리고 생의 마무리를 그려 본다. 하루하루의 삶에 정직하게 직면해야 함을 다짐한다. 연관 스님의 도반들은 그 흔한 출가수행자의 유골을 안치하는 부도를 만들지 않기로 했다. 연관 스님의 삶에 누가 되지 않기 위해서다. 다만 3쪽만 남기고 번역을 마친 스님의 번역서인 영명 연수 선사의 『심부心賦』는 후학들이 마무리하기로 했다. 스님은 『죽창수필』, 『금강경간정기』, 『왕생집』 등 20여 권의 번역서를 세상에 내놓았다. 그건 연관 스님의 문자사리文字舍利라고 할 수 있다.

마지막으로 옛 선사의 시를 빌려 연관 스님을 추모한다.

대 그림자 뜰을 쓸어도 먼지 하나 일지 않고
달빛이 물을 뚫어도 물결 하나 일지 않네.

독
백

신희지

지리산문화예술학교(지리산행복학교) 교무처장. 『나답게 산다』 등의 책을 펴냈다.

"어두운 거리를 나 홀로 걷다가 밤하늘 바라보았소오. 어제처럼 별이 하얗게 빛나고 달도 밝은데 오늘은 그 어느 누가 태어나고 어느 누가 잠들었소. 거리에 나무를 바라보아도 아무 말도 하질 않네."

연관 스님은 홀로 산행을 자주 했다. 안거 기간에는 선방으로 가고 안거 기간이 아닐 때는 배낭 하나 짊어지고 "어, 나 산행 좀 다녀오려고요." 하며 수월암 삽작문을 나서고는 했다. 지리산은 스님의 뒷마당 같았다. 그렇게 혼자 산행을 하다 해가 지면 산울림의 「독백」을 부르며 걷는다고 했다.

"스님은 홀로 걸으며 무슨 생각을 하세요?"라고 물으니 그냥 빙그레 웃었다. 그리고 섬진강 변 하동 고향 이야기도 하고 어머니 아버지 이야기도 잠깐 했지만 당신 말씀보다는 주로 우리들의 말을 듣는 쪽이었다. 그러다 우리가 잘못 알고 있는 이야기나 상식이 있으면 조곤조곤 예를 들어 가며 짚어 주었다.

그런 이야기가 너무 많지만, 오늘은 칠불사 칠 왕자의 괘불 점안식이 있던 날이어서 칠불사 이야기를 좀 해야겠다. 내가 사는 곳에서 가까운 칠불사에는 김수로왕의 일곱 왕자가 성불했다는 전설이 있다. 그 이야기도 스님이 하는 말씀으로 들으면 어머니인 허황후의 마음이 더 애틋하게 들린다.

"부부가 금슬이 좋아 아들을 열이나 낳았나 봐. 다 왕이 될 수는 없으니 어머니 성씨로 바꾼 두 아들 말고는 삼촌이 다 데리고 김해에서 제일 먼 칠불사로 온 거지. 허황후 오빠 허보옥이 장유 화상이라고 큰스님이셨거든요. 근데 막내는 어린데 보낸 모양이야. 그러니 엄마가 얼마나 보고 싶겠어요. 지금이야 차가 있어서 금방 오고 가지만 그때는 왕이어도 가마 타고 오느라 한참이 걸렸겠지요. 와서 자기 오빠에게 애들을 보여 달라고 하니 성불하는 데 방해된다고 안 보여 주는 거예요."

그 말씀을 하고는 내가 어린 자식들을 외국에 두고서 자주자주 눈물 바람 하는 것을 본 탓인지 늘 안쓰러워했다. "엄마는 자식이 그리 그립고 애가 타는 건가?"라고 묻고 혼잣말처럼 "우리 어머니도 그러셨을까? 그러셨겠지." 하고는 허공을 보셨다. 덕분에 철없는 두 아들을 유발 상좌로 받아 주시는 영광도 얻었다.

홀로 산행을 가는 뒷모습을 볼 때면 장대한 스님의 모습에서 바람이 일었지만 대부분의 기억은 늘 즐거운 이야기가 더 많다. 칠불사에는 아자방亞字房이라고 있는데 특이한 온돌방 구조 때문에 경상남도 문화재로 되어 있어서 관람하는 이들이 볼 수 있도록 앞 전면이 유리로 되어 있다. 보름 불을 지피면 동안거하는 내내 따뜻해서 참선하기 좋은 곳이라고 하는데 방의 네 귀퉁이를 좌선대로 만

들어 스님들 네 분이 앉을 수 있게 되어 있다.

"글씨로 보면 방이 아亞라는 글자로 보이잖아요, 그래서 아자방亞字房이라고 불려요. 어느 날은 거기서 동안거를 하는데 우리가 점심 공양을 하고 이제 참선을 하려고 앉았는데 추운 날, 밥을 먹고 따뜻한 곳에 있으니 잠이 살살 몰려오지 않겠어요. 한 스님이 좀 조신 모양이에요. 근데 거기가 유리로 되어 있으니 밖에서 사람들이 구경한다고 안을 쳐다봐요. 한 애가 조는 스님을 본 거라. 큰 소리로 자기 엄마한테 '엄마 저 스님 존다.' 그러면서 막 놀리는 거예요. 아이구, 애는 자꾸 존다, 존다 그러지 참선하는 모습을 보여 주기는 해야 하는데 웃음은 막 터져 나오려고 그러지, 하하하. 그래서 지금은 안거 기간 중이라 하고 거기다 발을 쳐놓고 못 보게 하는 거예요."

'안거 중에는 아자방 관람이 어렵습니다.'라는 안내를 보고 물었더니 들려준 말씀이다. 지금도 이 말씀 하실 때를 생각하면 웃음이 난다. 우리에게는 늘 알기 쉽게 이야기를 풀어내느라 운서 주굉의 『죽창수필』을 번역하고 골라서 우리말로만 쓴 『산색』을 내주기도 했다.

한학漢學에 밝아 평생을 경전 연구에 몰두한 연관 스님은 부처님이 깨닫고 하신 말씀과 당신의 생각이 일치하면 가장 기쁜 '환희심'

에 빠지고는 했다는데 '그래, 그렇지, 그러셨을 거야!' 홀로 빙그레 웃으며 손뼉을 쳤을 모습이 어떠했을지 미루어 짐작해 본다.

수경 스님은 연관 스님이 그 이름 그대로 살다 가셨다고 했다. 그러할 연然, 볼 관觀, 그러한 것을 그대로 명백하게 보이게 하는, 직관으로 통찰하고 받아들이는 삶을 살다 가신 연관 스님은 정말 홀연히 가버리셨다. 이승에서 그분을 만난 것이 마치 꿈같다.

영결식에서 양산부산대 병원장을 지낸 백승완 교수는 식순에 없지만 한 말씀 드려야겠다며 연관 스님의 결기에 놀라워했다. 수많은 호스피스 환자들을 보아 왔지만 연관 스님과 같이 초연한 경우는 없었다고 했다. 수행자의 죽음은 어떠해야 하는지? 불교에서 삶과 죽음을 따로 보지 않는 것을 당신 스스로 증명하고자 병환도 끌어안고 가면서 진통제 한 대 맞지 않고 인내하는 모습에 다들 경이로워했다.

하지만 아주 솔직히 나는 여러 가지 가정을 해본다. 별수 없이 속인인 나는 '지금 계셨더라면' 하기도 하고 오늘같이 칠불사 괘불 탱화 점안식에서 많은 스님들을 볼 때면 '여기 계셨더라면' 하는 집착에 애를 끓인다.

열반하시기 일주일 전 관음사에서 스님을 뵙고 그 언저리에서 어찌 되었든 한 번이라도 더 뵙고픈 욕심에 주변을 서성였다. 수경 스님이 연관 스님 가고자 하는 길을 방해해서는 안 된다고 했지만 법당에서 절을 하고 저녁이면 곡차에 의지해 잠을 청하면서 드린 기도는 단식으로 반전되어 기적을 보여 달라는 어리석은 보챔이었다. 그리고 당신이 눈을 감은 채 읊조리는 독백을 들었다.

"아미타불."

입술이 바싹 타들어 가는 모습을 보면서 내 기도는 '부디 고통을 거두어 달라는' 참회로 나왔다. 다른 기도는 잘 들어주지 않으면서 어찌 그 기도는 그리 빨리 들어주시는지 법당을 나오자 '아미타불'을 염불하는 스님들의 독경 소리가 관음사 마당을 덮고 있었다.

'2022년 6월 15일 밤 7시 57분 음력 5월 17일, 단식 8일째 단수 4일째.'

끝까지 곁을 지키던 상좌 고담 스님이 보내신 기록을 멍하니 바라보았다. '아미타불'은 스님의 마지막 독백이었다.

'우리의 눈높이에서 우리와 어울려 주시면서도 그분의 삶은 부처님과 같은 천상, 스님의 삶이었구나!'

봉암사를 떠나올 때 노사연의 「님 그림자」를 부르셨다고 해서 어느 날은 종일 그 노래를 들어 본다.

저만치 앞서가는 님 뒤로 그림자 길게 드린 밤, 님의 그림자 밟으려 하니 서러움이 가슴에 이네. 님은 나의 마음 헤일까. 별만 헤듯 걷는 밤, 휘황한 달빛 아래 님 뒤로 긴 그림자 밟을 날 없네.

이제 이 노래는 나의 독백이 되어 버렸다. 49일 동안 재를 지내러 오가면서 든 마음은 좌충우돌, 그립다가 아쉬웠다가 죄송하였다가 갈피를 잡기 어려웠지만 나의 기도는 한가지로 흘러가고 있었다. 내가 진정 스님을 존경하고 따른다면 나의 마지막 말도 '아미타불'이 되어야 한다고. 염주를 갖고 싶다는 청에, 지난해 동안거를 마치고 나와 광주까지 가서 구한 염주를 우편으로 보내고 하신 말씀이 생각나 코끝은 아린데 입가는 웃게 된다.

"불심도 없으면서!"
"이제 가져 보려구요."

능청맞게 웃으며 한 말이 이렇게 빨리 행해질 줄이야!
그 먼 옛날의 아미타불은 뵌 적이 없으나 나와 함께한 아미타불은 누구신지 알겠다.

죽으면
어디로 가는 것입니까

원철

조계종 불교사회 연구소장.

석우흡강로石牛洽江路하고
일리야명등日裏夜明燈이라


돌로 조각한 소가 강둑길을 따라 늘어섰고
밝은 대낮에 밤을 밝히는 등불을 켰구나


어떤 학인이 "선사가 입적하면 어디로 갑니까?"라고 하는 물음에
반룡盤龍 가문可文 선사께서 대답 삼아 툭 내뱉은 선시다. 하지만
이 시의 주인공인 반룡의 행적은 남의 이력서에 얹혀 여기저기 한
두 줄 나올 뿐 오리무중이다. 목평산木平山에서 수행하던 선도善道
선사의 안목을 열어 주었으며, 그 두 선사 사이에 오고 갔던 짤막한
선문답이 『전등록』 20권에 기록되어 있다. 모두 원주袁州 땅을 근거
지로 활동하던 당나라 때 선승들이다.


원주袁州는 강서성 북서부 의춘宜春의 속칭으로 호남성에서 가
장 큰 도시인 장사長沙 지방으로 갈 때 반드시 거쳐야 하는 교통
의 요지이다. 게다가 북쪽 70리 지점에는 방회方會(992~1049)가
머물고 있는 양기산楊岐山이 있고 남쪽 60리 지점에는 혜적慧寂
(803~887)이 활동한 대앙산大仰山이 있었다. 따라서 헤아릴 수 없
는 기라성 같은 많은 선사들이 사방팔방에서 오고 가면서 마주칠

때마다 선문답을 나눈 광장의 역할을 한 곳이라 하겠다.

　반룡 선사의 어려운 말씀에 대하여 뒷날 누군가 해설을 달아 놓았다. '돌로 조각한 소'라는 것은 사람과 다른 존재를 나타낸다. '강둑길을 따라서 늘어서 있다'라고 한 말은 나고 죽는 반복된 윤회를 가리킨다. 하지만 '밝은 대낮에 밤을 밝히는 등불'은 무슨 의미인지 짐작조차 어렵다고 했다. 이미 해설의 대가大家도 포기한 부분이라고 하니 각자의 안목으로 그 이치를 터득하는 것 외엔 별다른 뾰족한 수가 없겠다.

　이런저런 일정이 겹쳐 2022년 6월 17일 부산 사하구 당리동 관음사(주지 지현 스님)에서 열린 연관然觀(1949~2022) 선사의 영결식과 경남 양산 통도사로 이어진 다비식에도 참석하지 못했다. 7월 12일, 7재 가운데 광주 무각사에서 열린 4재에 참석할 수 있었다. 송광사 교구에서 방장 현봉 스님, 전 유나 현묵 스님, 무각사 주지 청학 스님, 그리고 전등사 회주 장윤 스님, 또 호상護喪인 수덕사 수경 스님을 비롯한 송광사 율주 지현 스님, 송광사 전 주지 진화 스님 등 많은 대중이 자리를 함께 하여 고인을 추모했다. 판화가 이철수 선생 부부가 전체 일곱 차례 재齋 심부름을 위해 시간과 발품을 아끼지 않았다.

당신은 임종이 가까워졌음을 알고서 곡기를 끊었을 뿐만 아니라 물마저 마시기를 포기함으로써 생사生死에 여여如如한 마지막 모습을 보여 주었다. 이것이 남아 있는 이들에게 잔잔한 울림의 여울이 되었다. 그런 연유로 매번 사찰을 옮겨 가며 재를 지낼 때마다 거리의 멀고 가까움을 가리지 않고 인연 있는 스님들이 적지 않게 참석하여 정성을 보태 가는 아름다운 사십구재로 이어졌다. 모두가 같은 마음으로 '비구 연관' 네 글자가 적힌 하얀 위패 앞에 고개 숙여 꽃을 정성스럽게 올렸다.

1990년대 말 경북 영천 팔공산 은해사에서 무비 스님을 모시고 3년간 수학한 후 2000년이 시작될 무렵 전북 남원 지리산 실상사의 화엄학림 강사 소임을 맡게 되었다. 당시 강주講主(학장)는 연관 스님이었다. 개인적으로는 화엄경을 총정리할 수 있는 기회가 되었고 동시에 각범 혜홍(1071~1128)의 『선림승보전』 하권을 번역하느라 책상 앞에서 끙끙거리던 시기였다. 상권은 이미 은해사에서 탈고했다. 빨리 번역을 마쳐야겠다는 조급증으로 인하여 무리하다 보니 그만 몸에 탈이 나고 말았다. 한방병원에서 '입원하여 한 달간 누워 있으라'는 처방이 나왔다. 어느 날 연관 스님께서 병문안을 오셨다. 본래 말이 없는 분이다. 나가면서 건네준 봉투의 겉면에 적힌 달필 글씨가 당신의 뜻을 대신했다.

"툭 털고 빨리 일어나시요!"

연관 스님은 인근 골짝골짝에 살고 있는 기인달사奇人達士들의 내면 살림살이까지 속속들이 알고 있는 지리산의 인문人文 전문가였다. 그 사람들을 한 사람 한 사람 찾아다니면서 대담을 나눌 생각인데 동행할 마음이 있느냐고 물었다. 기록 및 정리를 책임지라는 말씀이었다. 나중에 그 자료를 총정리하여 책 한 권으로 만들면 어떻겠느냐는 제안까지 주셨다. 그 말씀에 베스트셀러를 탄생시키고 말겠다는 무모한 용기마저 발동되었지만 결국 입안 단계에서 없던 일이 되고 말았다. 기록 및 정리를 맡은 필자가 합천 해인사로 거처를 곧 옮겨야 했기 때문이다. 이래저래 곁에서 2년을 함께 모시고 살았다.

뒷날 연관 스님께서 실상사를 떠나 경북 문경 희양산 봉암사로 가셨다는 소식이 들려왔다. 어느 날 낯선 054 경북 번호로 시작되는 전화가 왔다. 연관 스님이었다. ○○ 씨의 전화번호가 있느냐고 물었다. 책 만드는 일에 자문을 받기 위함이라고 했다. 바로 알려 드렸다. 틈틈이 적지 않은 책을 출판하면서 참선 수행도 게을리하지 않았다. 스님께서 번역하신 운서 주굉(1535~1615)의 『죽창수필』을 읽으면서 "스님네 글은 이렇게 써야 하는구나!"라고 찬탄할 만큼 모범적인 책을 만났고 동시에 유려한 한글 번역문에도 감탄을 금치 못했다. 그냥 잘 계시려니 하고 무소식을 희소식 삼아 지내다가 졸지에 입적入寂 소식을 듣게 되었다.

설봉 의존(822~908)에게 신초神楚 학인이 물었다.
"죽은 스님은 어디로 갑니까?"
이에 선사는 대답했다.
"얼음이 녹아서 물로 돌아가는 것과 같다."
그러자 곁에 있던 현사 사비(835~908)가 한마디 더 보탰다.
"물이 물로 돌아간 것과 같다."

연관 스님과 만날
가을을 기다린다

윤주옥

2008년 지리산 자락 구례로 귀촌했다. 지리산과 지역 사회 주민이 더불어 행복한 세상을 꿈꾸고 있다. 단순 소박한 삶 속에서 운명처럼 다가온 지리산과 반달가슴곰에 감사하며 살고 있다.

여전히 믿기지 않는 연관 스님과의 이별, 스님과의 이별은 스님과의 만남을 기억하게 한다. 내 나이도 곧 60이니 많은 추억은 지워졌고, 남아 있는 기억도 희미하다.


## 지리산만인보 공동 대표, 허락해 주세요

수월암에 찾아갔다. 2010년 2월에 시작되는 지리산만인보*를 준비하며, 공동 대표로 연관 스님을 추천한 분이 있어, 부탁드리러 가는 걸음이었다. 수월암 소나무가 몹시 근사했던 걸로 기억된다. 어떤 분일까 궁금한 마음보다는 어떻게 해서라도 승낙을 얻어야 하는 부담감이 큰 날이었다.

그런데 참 묘하다. 그날은 신나게 웃고, 떠들었던 기억뿐이다. 지리산만인보 공동 대표에 스님이 계신 걸로 봐서는 그날 승낙을 얻었던 게 확실한데, 부탁드린 기억은 없다. 어찌 된 일일까?

---

*지리산만인보는 2010년 2월 27일부터 2011년 2월 27일까지 매월 둘째, 넷째 주 토요일(총 24회)에 지리산을 한 바퀴 걸었던 프로그램이다. 공이송, 박화강, 성염, 신경림, 엄용식, 연관, 윤장헌, 이호철, 임봉재, 함태식 등 지리산과 인연 깊은 열 분의 어르신들이 공동 대표로 함께해 주셨다.

지리산만인보로 알게 된 스님은 지리산, 섬진강에 관한 일이면 언제든지 함께해 주셨고, 지리산 케이블카 반대 활동 때는 1인 시위를 하러 반야봉에도 오르셨다. 스님은 "스님, 이거요. 스님이 해주시면 좋겠어요."라고 하면 "그러죠 뭐."라고 말씀하셨다. 왜 하는지, 어떻게 하면 되는지 등 궁금하신 게 많았을 텐데, 자세히 묻지도 않고 일단 고개를 끄덕이셨다.

2009년 11월 7일 반야봉에서, 지리산 케이블카 반대 1인 시위를 하신 연관 스님

봉암사에 계시면서도 늘 지리산에 대해 물으셨다. '별일 없냐고, 케이블카는 어찌 되었냐고'. 지리산 케이블카에 반대하는 인터뷰 방송 후에 가장 먼저 전화를 해주시는 분이 스님이셨고, 2015년 4월부터 7월까지 환경부 앞에서 설악산 케이블카 반대 1인 시위를 할 때도 힘을 주신 분이 스님이셨다. 스님은 지리산에 일이 생기면 당신의 의견을 말씀하셨지만 그 의견을 강요하진 않으셨다.

스님은 나만이 아니라 우리 가족 모두에게 따뜻한 분이셨다(태연 씨와의 인연은 태연 씨가 별도로 기억하리라 생각한다). 스님과 결이는 논어 공부 모임으로 만났으니, 스님과 결이는 스승 제자 관계이다. 당시 스님은 수월암에 계시면서 매주 화요일 구례로 넘어와서 논어 강독을 해주셨다. 스님과 함께 읽은 논어는 고지식한 꼰대 지식이 아니라, 마음을 흔드는 살아 있는 이야기였다.

어느 해, 스님께서 화엄사 선방으로 하안거에 들어가셨을 때 결이는 부모를 포함한 어른 세대와의 갈등, 희망이 보이지 않는 삶으로 몹시 지치고 힘들어했다. 결이가 구례에 왔길래 함께 스님께 가겠냐고 물었더니 좋다 하여 화엄사에 올라갔다. 스님께서는 이런저런 일상의 이야기를 하다가 문득 결이에게 말씀하셨다. "결아, 나는 너를 믿는다. 너무 걱정 마라. 너는 뭐든지 할 수 있을 거다. 그동안 너를 보아 온 스님은 그렇게 생각한다."

## 집, 참 싸게 지었네요

태연 씨나 나나 집을 갖게 될 줄 몰랐다. 돈도 없지만 집을 소유
하는 게 낯설었기 때문이다. 안산, 하남, 서울 등에서는 집을 갖는다
는 걸 꿈도 안 꿨고, 2008년 11월 지리산 자락 구례로 내려와서도
특별히 다르게 생각하지 않았다. 그런데 살던 집이 팔렸고, 우리 가
족은 갈 곳이 없었다. 2010년을 전후하여 구례가 살기 좋은 귀농지

2010년 11월 13일, 지리산만인보 19일째 날에 하동 명사마을에서 연관
스님

윤주옥 | 연관 스님과 만날 가을을 기다린다

로 알려지면서 전세고, 월세고 집 자체가 없었다. 어쩔 수 없이 전셋 돈을 빼서 땅을 사고, 주변 사람들의 도움으로 구례 봉서리 동산마 을에 집을 지었다.

2014년 가을, 스님께서 대문짝만 한 액자를 들고 집으로 들어오 셨다. 스님께서는 현관문을 들어서자마자 "집을 참 싸게 지었네요. 이 액자가 걸릴 데가 있나 모르겠네요."

'오백삼십 리 굽이치는 섬진강 따라 걷기' 첫날(2020년 10월 23일) 데미샘 에서

## 처음 봤을 때보다 지금이 더 보기 좋습니다

작년(2021년) 10월 6일, 태연 씨와 봉암사 동암으로 스님을 뵈러 갔었다. 스님께서 봉암사로 가신 후 세 번째로 찾아뵙는 걸음이었다. 스님은 해제 철이 되면, 잠시라도 시간을 내어 지리산으로 걸음을 하셨는데, 바쁘다는, 멀다는, 운전을 못한다는 여러 핑계를 대면서 찾아뵙지 못했다. 죄송하다.

그날은 봉암사 너머 은티마을에 사는 후배 봉현이도 왔다. 은티마을은 봉암사 뒷산인 희양산을 넘으면 있는 마을이다. 봉현이는 어릴 때 산을 넘어 봉암사에 왔었다고 했다. 스님이 되려던 꿈이 코로나로 좌절되었다는 이야기가 오가자 스님께서는 "야, 이렇게 만난 것도 인연인데 내 상좌가 되어라, 아… 어머님께서 많이 아프시다고. 그러면 재가在家 상좌하면 되지… 허허, 참 인연이네." 하셨다.

그날 스님과 태연 씨, 봉현이, 나는 자정까지 이야기꽃을 피웠고, 태연 씨가 잠에 떨어진 후에도 나는 스님과 봉현이의 이야기를 들으며 새벽을 맞이했다. 스님은 봉현이가 도자기를 만든다고 하자 동암 주변에서 발견한 거라며 도자기 조각을 보여 주셨다. 스님은 그 중 몇 조각을 봉현이에게 주셨는데 도자기에 애착이 큰 봉현이는 "와 스님, 이거 정말 대단하네요. 저 주시는 거예요. 이거를, 와… 진짜 감사합니다."를 잠들 때까지 계속, 적어도 30번 이상 외쳤다.

그날 스님은 나에게 말씀하셨다. "보살님은 처음 봤을 때보다 지금이 더 보기 좋습니다. 나이 들어 가는 모습이 아주 좋습니다."


## 연관 스님은 잠시 사라졌다

스님과의 마지막 통화는 5월 20일이었다. 경주 출장에서 돌아오는 길에 진주역 앞 카페에서 기차를 기다리며 전화를 드렸더니, 잘 지내냐고, 가을에 지리산 쪽으로 갈 테니, 그때 보자고 하셨다.

경주에 다녀오는 길이고, 황룡사지, 분황사, 남산 등에 다녀왔다고 하니, "그 황룡사가요, 그게 참 이상해요. 진짜 황룡이 나왔을 리 없잖아요. 용은 상상의 동물이잖아요. 근데 왜 황룡이 나왔다고 했을까요." 스님은 혼잣말인 듯 아닌 듯 그렇게 말씀하셨다.

나는 경주에 갈 때마다 황룡사지에는 꼭 들른다. 5월 중순, 황룡사지는 초록으로 덮여 있었다. 하늘은 파란빛이었고, 바람은 한 점 없었음에도 그 부드러움을 느낄 수 있었다. 5월 중순 그날, 새벽 6시가 가까워지자 한 명, 한 명 모여든 사람들이 황룡사지 9층 목탑 심초석 주변에 둘러앉아 명상을 시작했다. 명상에 들어간 분들은 7시가 되어도 그 자리에 앉아 있었다. 나도 지리산으로 돌아간다면 어디선가 누군가와 이 느낌으로 새벽을 맞이해야겠다고 생각했다.

스님께 황룡사지에 다녀온 이야기를 하면서, "스님, 그 느낌이 너무 좋아서요, 저도 그렇게 살고 싶어요."라고 했다. 그러자 스님께서 "그러면 되잖아요."라고 말씀하셨다.

스님이 암이라는 사실을 전해 준 사람들에 의하면, 스님은 당신이 암이라는 걸 다른 사람들은 몰랐으면 한다고 했다. 나는 스님이 암이라는 이야기를 듣자마자 지리산에 스님이 계실 만한 곳을 찾아

2021년 10월 6일. 봉암사가 있는 희양산 계곡. 봉현이, 나, 연관 스님, 태연 씨

봐야겠다고 생각했다. 스님은 여차저차한 이유로 봉암사로 가셨지만 늘 지리산을 그리워하셨다. 지리산에 대한 스님의 그리움은 지리산에 작은 시골집을 마련해야겠다는 말씀으로 드러났고, 지리산을 바라보는 곳보다는 지리산 쪽이 더 좋다고 덧붙이셨다.

나는 스님의 병세를 제대로 알지 못했고, 스님께서 죽음과 마주하겠다고 결심한 순간에도 어떻게 지리산에 모실까를 고민했다. 스님의 상황을 구체적으로 전해 들은 후에는 너무 가슴이 아파 몇 날 며칠을 울었다. 스님을 뵙고 싶었지만 세상과 이별하는 스님에게 방해가 된다 하니 내 욕심만 채울 수 없다고 생각했다.

스님의 마지막 모습을 뵙지 못한 결과, 나와 스님과의 시간은 5월 20일에 멈춰 있다. 내게 스님은 잠시 사라지셨을 뿐이다. 바보 같지만, 나는 스님이 오신다 했던 가을을 기다리고 있다. 올가을이 아니어도, 어느 가을날에 오시리라 믿는다.

스님, 정말 고맙고, 감사합니다.

작별 인사는
하지 않겠습니다

이성아

장편소설 『밤이여 오라』, 『가마우지는 왜 바다로 갔을까』, 작품집 『태풍은 어디쯤 오고 있을까요』, 『절정』, 산문집 『나는 당신의 바다를 향해 중입니다』를 펴냈다. 제주4·3평화문학상, 이태준문학상, 세계일보문학상 우수상을 수상했다.

스님께서 훌쩍 떠나셨다는 소식을 듣고 한동안 황망했습니다. 곰곰 돌이켜 보니, 스님과 저는 딱 그런 정도의 사이였나 봅니다. 사사로이 오고 간다는 연락을 주고받은 기억이 나지 않았습니다. 그러니 작별 인사도 하지 못했다는 회한과 서운함은 오롯이 제 몫인 게지요.

스님에 대한 소식은 대개 주변인들로부터 전해 들었습니다. 태안사로 동안거 들어가셨다, 수월암이 불에 탔다더라, 봉암사에 계신다, 전화도 잘 터지지 않는다더라. 그럼에도 태안사에서 안거 중이실 때는 설날을 맞아 제 차로 악양 박남준 시인 집까지 모시고 가서 새해맞이 인사를 나누기도 했었네요. 가는 길에 소학정에 들러 매서운 추위에도 아랑곳하지 않고 가장 먼저 꽃을 피운다는 매화나무도 보았습니다. 여느 절과 달리 오직 공부에 정진하는 스님들만 계시다는 봉암사로 인사를 드리러 간 적도 있었군요. 그동안 스님이 번역했던 원고들이 수월암과 함께 모두 타버린 후 스님은 미련을 훌훌 벗어던지듯이 봉암사로 들어가셨지요. 이원규 시인들과 황매암에서 송년 모임을 했던 기억도 납니다.

지금 이 글을 쓰면서 되짚어 보니, 조금 이상한 생각이 듭니다. 스님과는 그렇듯 멀지도 가깝지도 않게 지냈습니다. 아무리 생각해봐도 무심한 쪽에 더 가까웠던 것 같습니다. 그럼에도 스님을 만날 때면 어째서 마치 엊그제 만난 것 같았을까요. 스님은 어떠셨나요? 이제는 물어볼 수도 대답을 들을 수도 없게 되었네요. 하지만 스님도 저와 다르지 않았다고 생각됩니다. 그렇게 생각하렵니다. 마치 어제 본 듯 스스럼없이 맞아 주신 건 스님이었으니까요. 사람 사이의 친밀함은 만난 횟수와 비례하는 게 아니라는 의미로 받아들이겠습니다.

이곳 지리산 자락에 작업실을 마련한 지 어느새 십 년이 넘어갑니다. 스님과도 이곳에 와서 인연을 맺게 되었는데, 무례를 무릅쓰고 속내를 털어놓자면, 스님은 진정 스님다운 스님이었습니다. 이름난 고찰이 많아서 사하촌이라고 할만한 곳이지만, 제 마음속에서 스님으로 존경했던 분은 스님뿐입니다. '국시모'에서 스님을 초청해서 마련한 『논어』 강좌를 들은 건, 이곳에 내려온 덕분에 누린 호사였습니다.

예상대로였습니다. 호방한 스님의 스타일답게 자구에 얽매이지 않는 스님의 『논어』 해설은 그동안 제가 알고 있던 『논어』가 아니었습니다. 스님께서 불경을 다수 번역하셨고 여전히 그 작업을 하고 계시는 학승이라는 건 알고 있었지만, 그저 책만 파는 분이 아닐 거라는 제 추측이 틀리지 않았습니다.

그러던 어느 날이었습니다. 지리산 케이블카 설치 문제로 한참 시

끄러울 때였습니다. 대피소에서 오랫동안 일했던 분이 장터목에서
쪽잠을 자면서 매일 천왕봉에 올라가 케이블카 반대 1인 시위를 하
고 있다는 소식이 들려왔습니다. 그분을 응원 방문하자는 말이 나
왔고 몇몇이 천왕봉에 가기로 했습니다.

저는 수월암에서 스님을 태우고 인월로 갔습니다. 날씨는 겨울의
절정을 지나 해토머리에 접어들어 몹시 포근했습니다. 저는 파카를
차 안에 두고 등산화 끈을 조였습니다. 스님은, 산에서는 날씨를 예
측할 수 없다며 파카를 입고 가야 한다고 했습니다. 저는 짐만 될
거라고 고집을 부렸습니다. 정 그렇다면 당신께서 들고 가겠다고 하
는 바람에 어쩔 수 없이 파카를 챙겼습니다. 스님이 백두대간이며
히말라야까지 등반하신 프로라는 걸 알고 있었으니까요.

그런데 그날 어쩐 일인지 스님과 저, 둘만 장터목으로 향했습니
다. 어째서 다른 사람들은 빠졌는지 전후 사정은 기억에 남아 있지
않습니다. 다만 스님과 단둘이 산행을 하게 되어 내심 설레었던 기
억은 선명합니다. 큰 공부를 하신 분과 단둘이 산행을 하게 되었으
니 큰 법문 한 자락을, 그것도 오롯이 저 혼자 들을 수 있는 호사를
누리게 되었다고 들떴거든요. 저는 그때 막 서울 생활을 청산하고
구례로 내려온 참이었습니다. 말 그대로 '집도 절도 없이', 아무런 인
연도 없는 곳에 뚝 떨어진 중생이었습니다. 어쩌다 저는 그런 삶의
행로에 접어든 것인지, 단 한 번 상상도 해본 적 없는 낯선 길에서

우두망찰하고 있는 게 저였거든요.

그런데 스님은 저를 실망시켰습니다.

매달린 절벽에서 손을 뗄 수 있겠는가.

뜰 앞의 잣나무.

이렇게 멋들어진 화두 하나쯤 던져 주실 줄 알았는데, 스님은 조금도 공부한 티를 내지 않으셨으니까요. 공부한 티가 다 뭐랍니까. 스님은 학교를 잘 다니다가 출가하신 계기, 히말라야 등반, 어린 시절 에피소드 같은 사사로운 이야기만 하셨습니다. 요즘 어떤 수녀님이 너무 좋다면서 웃으실 때는 사춘기 소년 같았습니다. 그리고 어느 순간, 마치 이웃집 오빠처럼 느껴졌습니다. 무엇도 대수롭지 않다는 듯이 심상하게, 때로는 심드렁하게 하시는 말씀을 들으며 산에 오르는 동안, 사는 일이 그리 무겁지 않게 느껴졌습니다.

스님티를 내지 않는 스님, 그게 스님 모습이었습니다. 큰 공부를 한 티를 내기는커녕 소탈하기만 했습니다. 그저 지금 발 딛고 있는 이곳에 충실하셨습니다. 그럼에도 가장 스님다운 스님, 그 역설이 바로 스님이었습니다.

그래서였을 겁니다. 저도 모르게, 스님을 무람없이 가깝게 느꼈던 이유 말입니다. 저는 스님을 마음 한편에 부처님처럼 모셔 두었습니다. 힘들거나 의지처가 필요할 때 언제든지 찾아갈 수 있는 비장의 해결사라도 되는 듯이 말입니다.

희끗희끗한 것이 날리기 시작한 건 장터목을 한 시간여 남겨 두었을 때였습니다. 앙상한 겨울나무에 눈꽃이 피어났습니다. 곱게 내린 눈은 그대로 얼어붙어 상고대가 되었지요. 문득 설국이었습니다.
산 아래서 보았던 끝없이 파랗던 하늘은 어느 세상의 일이었을까요? 순식간에 구름이 밀려오고 눈이 날리더니 그것이 얼어붙어 설탕의 결정처럼 반짝거렸습니다.
장터목에 도착한 스님과 저는 활동가와 저녁을 먹었습니다. 파카를 가져가지 않았다면 덜덜 떨면서 주위 분들에게 민폐를 끼쳤을 겁니다. 다음 날 아침 다 같이 천왕봉에 올라가 함께 시위를 한 후 스님과 저는 하산할 예정이었죠. 그런데 장터목으로 내려와 점심을 먹는데, 도저히 그대로 내려갈 수가 없었습니다.
상고대는 여전히 눈부시게 반짝이는데 하늘은 무슨 일이 있었냐는 듯 새파랬습니다. 전날 눈을 뿌린 구름은 지리산 능선을 부드럽게 어루만지며 연기처럼 너울거렸습니다. 지리산 연봉으로 빙 둘러싸인 산장은 마치 천상의 세상 같았습니다. 천상이 어디 따로 있겠는지요? 하늘과 구름과 산이 그렇게 어우러지는 모습은 생과 사의 경계 그 어디쯤 같았습니다. 그 풍경에 넋을 잃었습니다. 제 눈에서

놓아 버려라

눈물이 흘렀습니다. 그것이 너무 자연스러워서 저는 흐르는 눈물을 그대로 두었습니다. 그 순간 저도 자연의 한 조각이었던 겁니다.

스님과 저는 하루를 더 머물기로 했습니다. 그러고는 그저 가만히 앉아서 내 앞으로 흘러가는 시간을 바라본 게 전부였습니다.

스님께서 그리도 황망하게 떠나신 그곳은 어떠한지요. 스님이 떠나셨다는 소식을 들으며 십 년도 훌쩍 지나 버린 그날의 그 풍경이 눈앞에 펼쳐지는 건 어인 이유인지요. 전에도 그랬습니다. 스님을 떠올리면 가장 먼저 그 시간이 따라오고, 그 시간을 떠올리면 스님이 따라옵니다. 만남이 그러하듯 떠나는 일도 인간세를 훌쩍 뛰어넘는 일이겠지요. 그럼에도 어쩐지 스님과는 문득 다시 만날 것만 같습니다. 이승에서 그랬듯이, 어제 만난 듯 다시 만날 것만 같습니다. 만나서는 그저 씩 웃으며 데면데면하게 이야기를 나눌 것만 같습니다. 작별 인사를 하지 못한 건 그래서인 것만 같습니다. 그러니 작별 인사는 하지 않겠습니다.

그때까지 안녕히.

연관然觀 큰스님이시여,
문창성文昌星 별빛이여!

이원규

지리산 섬진강 생활 16년 차, 시를 쓰고 사진을 찍고 있다. 시집『달빛을 깨물다』, 포토 에세이『나는 지리산에 산다』등의 책을 펴냈다. 제16회 신동엽문학상을 수상했다.

스님의 고향 섬진강에 소낙비가 내립니다
기억나시는지요, 두 눈을 감아도 다 아시겠는지요?
오실 때도 그러하였지만 가실 때도 속절없이,
그 누구의 허락도 없이 이렇게 훌쩍 떠나시다니요?
스님, 연관 스님! 언제나 존댓말 하며 환하게 웃더니
입술 꽉 깨문 채 외면하시니 이를 어찌하겠습니까
다짜고짜 희양산에 지리산에 천둥벼락이 칠 뿐입니다

"부디 원하노니 부처님께서 증명해 주소서,
내 죽을 때까지 물러나지 않겠나이다"
스님의 이 간절한 서원은 이미 살아생전에 다 이루었습니다
연관이라는 법명처럼 그냥 그대로 바라보는 일,
오면 오는 대로 가면 가는 대로
굳이 사족 같은 생각을 버리고 있는 그대로 바라보는 일이
바로 연관의 길, 부처님의 길이었습니다
그리하여 관응 스승님께 받은 호 하청 스님이여,
황하청黃河淸 큰스님이시여!
중국 황하의 저 탁한 물이 한순간에 다 맑아졌습니다
스님의 고향 구례-하동의 섬진강처럼 청청 맑아졌습니다

스님, 연관 큰스님이시여!

문필과 문운 창성한 저 하늘의 문창성에서 오셨으니

일생토록 오로지 수행하고 글을 쓰다가

다시 북두칠성 그 여섯 번째 별인 문창성으로 가시는지요?

북두칠성 바로 위 여섯 개의 별인 문창육성으로 돌아가시는지
요?

마침내 이 땅에 살아남은 우리들의 생로병사,

이 고해의 진풍경을 한눈에 다 내려다보시겠습니다

그리하여 우리가 길을 잃을 때마다

저 밤하늘의 문창성을 보며 아는 척 두 손을 모을 것입니다

다시금 『죽창수필』, 『왕생집』을 읽고

『금강경간정기』, 『선문단련설』, 『용악집』, 『학명집』 등을

아직 남은 생의 지도와 나침판으로 삼을 것입니다


스님, 연관 큰스님!

그래도 어쩌다 문득 사바세계가 그리우면

언제 어느 곳이든 아무렇게나 다시 돌아오십시오

수경 스님, 도법 스님 등 50여 년 도반들과

큰 가마솥에 잔치국수를 맘껏 끓여 드시고요

스님의 유지대로 희양산 봉암사 동암에

함허 득통 선사의 '함허당' 현판을 달아 놓았으니
'가도 간 바 없고 와도 온 바 없이'
언제든 바람처럼 구름처럼 한철 머무시고요
한겨울 지리산에서 늦봄 설악산까지 걸었던 백두대간 종주,
마침내 북쪽의 금강산에서 백두산까지 마저 다 걷다가
저무는 능선에서 「불효자는 웁니다」 목 놓아 불러도 보시고요
내친김에 중국의 칭장靑藏열차를 타고
베이징에서 티베트 라사까지 만 리 길을 함께 가보자구요

연관 스님과 이원규. 보길도 2005년

이원규 | 연관 큰스님이시여, 문창성 별빛이여!

스님, 이미 가시기 전에도 늘 그리웠지만
어느새 문창성에 당도하신다니 벌써 더 그리운 연관 스님!
기어코 서둘러 가시니 참으로 독하십니다, 야속하십니다
그러나 아직은 차마 믿기지 않아 울지 않겠습니다
다만 천천히 더 오래 울겠습니다
스님의 이전과 이후, 생과 사가 이토록 한 치의 다름도 없으니
연관 큰스님, 정말 자랑스럽습니다
고맙습니다, 사랑합니다

불기 2566년 8월 2일 봉암사 49재
연관然觀 큰스님을 더 깊이 모시며, 시인 이원규 곡곡곡

스님과의
일면식

이현우

경북 경주시 감포읍 출생. 부산 경남상고, 방송대 국문학과를 졸업하고 KB국민은행 진주지점장, (주)프로솔 본부장으로 일했으며 제35회 근로자문학상 시 부문에서 수상했다.

딱 한 번, 첫 인연이자 마지막 인연 그리고 입적 소식. 이게 연관 스님과 저와의 이승에서의 인연 전부입니다.

지난 2월 중순쯤 박남준 시인이 스님 뵈러 가는데 같이 갈래? 물어 와 동행한 것이 문경 봉암사였습니다. 아들을 상좌로 둔 신희지 님, 악양에서 '꽃다연' 찻집을 운영하는 민종옥 님과 함께 3시간 반을 달려 도착한 봉암사. 이별을 예고하는 하늘의 뜻일까요. 그날따라 남쪽엔 잘 내리지 않는 흰 눈이 소담스럽게 내리고 있었습니다.

암자 뒤쪽으론 산이고 앞으론 나지막한 두둑 같은 담이 빙 둘러 있던 것으로 기억하는데, 많이 오지는 않지만 그래도 지붕이며 나무, 풀, 담 위로 마치 세상의 모든 헛된 것을 용서하듯 살포시 흰 눈이 덮고 있었죠.

차탁 앞에 앉아 계시는 스님의 첫인상은 포근함과 넉넉함이었습니다. 박 시인이 남쪽의 소식을 전하고자 꺾어 간 매화는 부처님께 공양하고 스님께 절을 올렸죠. 스님은 빠르지 않은 어투지만 울림이 있는 존댓말로 이곳저곳의 안부를 물으셨고 박 시인, 신희지 님과 나누는 대화에서 서로의 보고픔이 말 속에 흠뻑 묻어 있는 걸 느꼈습니다.

스님이 미리 마련한 숙소로 자리를 옮겨 준비해 간 음식도 먹고 노래도 불렀죠. 배우고 싶은 노래라며 '너무 아픈 사랑은 사랑이 아니었음을'도 띄엄띄엄이지만 같이 부르고, 다른 여러 노래도 즐겁게 부른 것 같습니다. 그리고 그 다음 날의 헤어짐. 거기까지가 저와의 인연 전부였습니다.

봉암사로 모셔다 드리고 홀로 남겨진 노스님의 아쉬운 듯 안녕의 손짓은 잊을 수가 없네요. 아프신 듯 절뚝절뚝 걸으시며 눈이 채 녹지 않은 암자 입구 길에서 마치 외지의 자식들이 전날 왔다가 아침밥 먹고 바쁘다고 휑하니 떠나는 것 같은 무언의 아쉬움을 꾹 참고 '그래그래, 먼 길 조심히 가시게' 하는 스님의 마지막 모습이 눈에 선합니다. 저희를 보내고 난 뒤 눈 덮인 적적한 암자에서 한동안 멍히 계셨을 스님. 세상의 인연이 거기까지인가 봅니다.

시간이 좀 지나 새벽 새소리를 듣기 위해 지리산 숲속에 박 시인과 들어간 저녁때쯤 스님의 입적 비보를 들었습니다. 아프시다는 말은 전해 들었지만 그리 급히 가실 줄은 몰랐습니다. 한동안 멍했죠. 그리 빨리 가실 것 같으면 저와의 짧은 만남은 왜 굳이 이루어졌을까요. 그 또한 부처님의 뜻이라 생각됩니다.

다음 날 아침 동틀 무렵 나선 산길에서 소박하게 핀 함박꽃을 만났습니다. 꽃을 보는 순간 스님의 미소와 참 닮았다 생각했습니다. 다시 한 번 함박꽃 같은 스님의 미소가 보고 싶네요.

저와는 짧은 일면식이었지만 스님이 걸어오신 발자국과 소탈한 성격으로 주위를 넉넉하게 하신 뒤안길이 모두의 가슴에 존경과 그리움으로 가득 차게 합니다. 더더욱 스님의 마지막 가시는 길은 너무 초연하셨다고 들었습니다. 얼마 남지 않은 통장의 돈은 어려운 이들을 위해 써달라고 하셨고 어떤 진통제도 거부하신 채 7일 전부터 곡기를 끊으시고 4일 전부터는 물도 거부하셨다지요.

스님, 그렇게도 빨리 떠나고 싶었습니까. 그렇게도 모질게 연을 끊고 싶었습니까. 남겨진 이들에게 무엇을 보여 주고자 하셨을까요. 누구나 가야 할 길이지만 그렇게 삶의 끈을 놓고 가신 다음 저희는 무엇을 해야 하는지요. 저희에게는 무섭고 두려운 길을 그렇게 가벼이 가시다니요.

육신의 병든 몸은 어차피 공空인 것은 압니다. 하지만 그 과정에 고통은 필연이지요. 정신을 피폐시키는 고통이지만 병든 육신은 잠시 빌린 것에 불과하다는 것을 보여 주셨네요. 그렇게 육신을 질리도록 놓아 버리시다니요. 남은 저희들은 그 육신을 통해 스님의 마지막 길을 보기에 너무나 힘들었습니다.

하지만 마지막 숨을 거두시는 스님의 의연함에 비추어 보면 그건 초라하디초라한 변명이었습니다. 거창한 다비식과 부도탑도 하지 말라 유언하셨죠. 그리하여 다음 날 지리산 자락의 깊은 숲에서 시리디시린 함박꽃으로 피어나 저에게 다가오셨네요.

딱 한 번 뵈었지만 넉넉하고 편안한 미소로 남아 있던 꽃을 보는 순간 스님의 잔잔한 미소가 떠올라 미흡하지만 그때 급히 시 한 편

적었습니다.

함박꽃

슬픔이 가득하면
여름비 처연한 연꽃 같을까
이별이 지나가면
스산한 가을바람 갈대 같을까
아픔은
장미 가시에 찔린 아기 냥이 눈망울 속에 잠들고
허망함은
님 가신 뒤안길 쫓아가지 못해 떨어진 붉은 동백꽃 같구나
슬픔, 이별, 아픔, 허망함이 어우러져
깊은 산속
저리도 시린
함박꽃 피었구나

저도 사전연명의료의향서 등록(NO R21-1161122 2021. 12. 20.)은
이미 했지만 막상 그 순간이 다가오면 두려움에 떨겠지요. 하지만
이번 스님의 마지막 가시는 모습을 떠올리며 의연한 죽음을 맞이할

수 있을 것도 같은 용기가 생겼습니다. 그러면 스님께 한 발짝 더 다가갈 수 있겠지요.

실상사 3재 때 스님 영정께 절 올리며 문득 봉암사에서 길 나설 때 "이거 좀 가져가실래요?" 하신 말씀이 생각났습니다.

저희는 스님 드시라고 "아뇨, 저희들 집에도 많아요." 하며 손을 저었죠.

그때 주시는 걸 받아 왔어야 했습니다. 그건 물건이 아니라 스님의 마음인 걸 가시고 나서야 알았습니다.

하나라도 더 챙겨 주시고 싶은 부모의 마음이겠죠. 그랬으면 스님의 마음이 얼마나 평온했을까요. 그래서 막재인 49재 때 계시던 봉암사에 가서 절하며 뗴를 썼습니다.

'스님 그때 주시기로 한 거, 지금이라도 주이소….'

보고 싶습니다.

# 수경
# 스님에게

이현주

목사, 동화작가. 지은 책으로 『날개 달린 아저씨』, 『조아조아 할아버지』, 『대학 중용 읽기』, 『길에서 주운 생각들』, 『이아무개의 마음공부』, 『지금도 쓸쓸하냐』, 『이아무 개의 장자읽기』, 『사랑 안에서 길을 잃어라』 등이 있다.

연관 스님 가시는 길을 원만히 배웅하셨다는 말, 뒤늦게 들었습니다. 고맙습니다, 아우 스님!

"연관然觀이 본연本然으로
귀의歸依 하셨다니
한 줄기 백광白光이
허공虛空을 찢었구나!"

2022. 6. 25.

스님의
따뜻한 마음이 더욱

최경애

조계종 총무원 호법부 근무. 불교환경연대 사무국장. 월정사 성보박물관 학예연구사 등을 역임했다.

2013년인 듯, 제가 휴가 때 남편 장영철과 함께 수월암을 찾았습니다. 흙집 작은 마당 뙤약볕 아래 초록빛 풀들이 한창인데, 인기척에 마루로 나오신 스님도 수염이 듬성듬성 마당의 풀들 비슷했습니다. 스님을 생각하면 수월암이 같이 그려졌는데, 수월암이 전소되었다는 소식은 아주 늦게야 알게 되어 마음이 아팠습니다. 스님보다 1년여 먼저 간 남편 장영철의 유고집을 들고 봉암사 동암을 찾아가야지… 생각하고 있던 중에 스님의 황망한 소식을 듣고 아연했습니다.

저희 부부가 오대산장을 하던 시절 스님께서 오대산 상원사 청량선원에서 겨울 안거를 나셨는데, 해제 하루 전 정월 열나흗날 오대산장을 찾아오셨습니다. 함께 정진하시던 수좌 열맷 명과 함께 오셨는데, 너무 갑작스런 한 떼의 스님들을 보니 반갑기도 하고 어리둥절했습니다.

스님께서 "뭐하요 맛있는 것 있음 내놔 봐요." 하십니다.

우리는 분주하게 김치전과 산나물전을 내놓고 맛있게 드시는 스님들을 보고 넘 감사했고 나중에는 합석해서 함께 즐겼습니다. 그때 나누었던 대화를 지금도 잊을 수가 없군요. 연관 스님께서는 그

상원사 안거 때 좌장(30여 명 대중에서 가장 어른)을 하고 계셨습니다.

한 수좌 스님께서 연관 스님께 "스님 질문 하나 드려도 되겠습니까?" 하니

"해보시오."

"스님께서는 그 봉암사를 두고 이곳에 오셔서 안거를 나셨는데, 이유라도 있으십니까?"

잠시 생각에 잠기시더니,

"청량선원은 한암 스님의 서슬 퍼런 가풍이 살아 있어서 좀 다를 줄 알았지." 하십니다.

한동안 말이 없이 시간이 흐릅니다.
다른 수좌가 또 스님께 묻습니다.

"10년 후에도 한국 불교가 살아 있어서 우리 같은 중들이 이렇게 안거를 날 수 있을까요?"

밖에는 눈발이 듬성듬성하고 또 시간이 흐릅니다.

"남아 있기야 하겠지. 모습은 아마 더 달라져 있지 않겠어요." 하십니다.

그날 대화의 중심은 당시의 선방 문화에 대한 것이었지요. 깨달음을 얻으려는 납자들이 물질의 고급함과 편리함에 선방까지도 진하게 물들어 가고 있다는 것에 대해 수좌들이 걱정하는 내용이었습니다.

밤늦어 굵어진 눈발 사이 스님들을 배웅하고 들어와 테이블을 치우던 중, 연관 스님 자리에 만 원권 지폐가 한 움큼입니다. 헤아려 보니 39만 원(아마 가지고 계신 것 전부가 아니었을까). 한겨울 깊은 산중에 찾아오는 객도 없어 쓸쓸할 것을 염려하여, 스님께서 우리를 생각하여 놓고 가신 것입니다. 눈 내리는 겨울이면 스님의 따뜻함이 더욱 그리워질 것입니다.

# 다시 만나야 합니다
## - 연관 스님 1주기를 추모하며

최종수

무주성당에서 사목하고 있다. 시집 『사랑해도 모자란 동행』. 산문집 『첫눈 같은 당신』, 『당신 덕분에 여기까지 왔습니다』. 역사기행집 『안중근과 걷다』(공저). 음반 「어느 신부의 사랑 고백」 등이 있다.

이승의 꽃들이 이렇듯 어여쁜데
어찌 이리 서둘러 가시나요
이승에서 저승으로 이사를 가신다며
어찌 그리 황망히 가셨나요
잘 사셨다는 말 한 마디 못 한 채 보내 드리고,
임의 애창곡 불효자로 웁니다
말라붙은 저 하늘의 은하수를 녹이듯
임을 위해 백 일 동안 미사를 올렸습니다

폐암과 신장암 2기 진단을 듣고 잠시 눈을 감고서,
하늘의 선물로 받아들이시고
"아– 이제 죽음을 맞이할 때가 되었구나!"
수행정진 영혼의 샘에 환희심이 샘물처럼 차오르셨습니다

"아– 이제 저승으로 돌아가야 하는구나!"
죽음을 귀한 님처럼 맞이하시고
이승의 삶을 잘 갈무리할 수 있다는,
감사의 전율과 희열이
온몸에서 염화미소처럼 피어올랐습니다

항암을 하면 5년에서 10년을 더 살 수 있으신데도
"금생의 인연이 다했다 싶으면 단식으로 생을 정리하겠다."
일심수행대로 하루 한 끼 단식에 들어가시고
죽음을 목전에 두고 극심한 고통 중에도,
패치나 진통제를 마다하고 통증을 온전히 받아들이시고
통장은 미얀마 고아원 후원으로 정리하고
빈손으로 왔다가 빈손으로 가셨습니다

물도 마실 수 없게 되자,
도반 스님이 암자 처소를 정리하실 때
방에 큰 개미들 빗자루로 쓸어버리자고 하자
"왜, 살아 있는 생명을 함부로 없애려 하느냐!"
처소 주변 어지러운 잡초를 예초하자고 하자
"잡초도 생명인데, 왜 베려고 하느냐!"
우주만물 생명의 경외로 충만하셨습니다

죽음의 문턱에서 나무아미타불
열 번을 되뇌면 극락에 간다는 불심으로
수없이 되뇌셨던 나무아미타불
가쁜 숨을 몰아쉴 때 아미타불… 아미타불…

염불이 한 줌의 재가 되려면
천지처럼 깊고 지리산처럼 푸른 수행이 없이는,
아무도 그리할 수 없다는데
아−미−타−불⋯,
이승의 마지막 숨 하나까지도 사리처럼 불태우셨습니다

임이 찻잔의 곡차에 잦아들게 한
그대 손짓하는 여인아
은하수 건너 오작교 없어도
가슴 딛고 다시 만날 우리들
우리 그렇게 견우와 직녀처럼
다시 만나야 합니다

# 우담바라 꽃송이
# 활짝 피었네

**함현**

법주사 월암당 이두 대종사에게 출가하여 제방 선원에서 정진했다. 봉암사 주지를
역임했으며 현재 서울 도솔선원에서 정진하고 있다.

취한 눈으로 바라보면 이 세상 참 아름답고
그대는 홀로 어디로 떠나 돌아보지 못하나
봄이 오니 산밭에 잡풀만 무성하게 자라니
꽃벌 인연은 한 번 만나고 한 번은 이별이라네
안타깝구나 화려하던 꽃바람에 나뒹굴고
우습다 뜬구름 같은 인생 무엇을 집착하랴

탐진치 삼독은 주야로 흐르는 눈물과 같으니
사바세계 부처님은 자비로운 깊은 마음일세
산 깊은 밤 소나무 가지 부엉이 눈 크게 뜨고
삼경 종 울리니 초승달은 살며시 얼굴 감추네
알지 못해 꿈속을 걸음마다 그리워하고
아미타아미타 부처님이시여 그쪽 가면 무엇이 즐거운가요
향기로운 이슬에 우담바라 꽃송이 활짝 피었네

연관, 체로금풍

수월암 풍경

해인사 장경각

산을 좋아한 연관 스님

산을 좋아한 연관 스님

2004년 4월 낙동정맥 종주 중-울진 답운치

순례길에서 조난당한
황조롱이를 안고 있는 연관 스님

수월암 파초

수월암 소나무

탕건을 쓴 연관 스님

길 위에서 무언가를 적고 있는 연관 스님

박남준 시인의 글이 담겨져 있는 수월암 장지문

2005년 10월 욕지도

지관 스님, 연관 스님, 문규현 신부, 수경 스님

남한강걷기-2008년 9월 일장 스님과 연관 스님

수경 스님, 연관 스님, 김영옥, 도법 스님

조항우, 박남준, 연관 스님, 김병관

연관 스님-순례길-아이들

연관 스님-순례길-아이들

정태연, 조윤란, 연관 스님, 조항우

홍현두 교무, 연관 스님

봉암사 희양산

봉암사 동암

(원) 연관스

2022년 6월 17일 연관 스님 영결식, 관음사

2022년 6월 17일 연관 스님 영결식, 관음사

2022년 6월 17일 연관 스님 영결식, 관음사

연관 스님 산골 장면. 수경 스님이 섬진강 하동 포구 강물 위로 유골을 뿌리며 울었다. −이원규

연관 스님 100일 추모

연관스님 영결식장

永訣日時 : 佛紀 2566(2022)年 6月 17日 午前 10時 30分

永訣式場 : 송광사 부산분원 관음사

茶毘式場 : 영축총림 통도사 다비장(午後 1時)

**然觀스님 葬儀委員會**

# 竹窓隨筆 改訂版 序文

나는 이렇게 들었다.

삶은 무엇입니까?
놓아 버려라.
죽음은 무엇입니까?
놓아 버려라.
선善이란 무엇입니까?
놓아 버려라.
악惡이란 무엇입니까?
놓아 버려라.

갑오년(2014) 팔월 열어드렛날 폭우 속에서 발절라(vajra, vajira. 벼락)는 이렇게 법을 설하였다.

"놓아 버려라."

개정판 『죽창수필』은 이렇게 태어난 화중연화火中蓮華이다.

# 永訣式順

**永訣日時 : 佛紀 2566(2022)年 6月 17日 午前 10時 30分**

명          종          식

개          식

삼 귀 의 례

영 결 법 요  -  정오스님

행 장 소 개  -  수진스님

추 도 입 정  -

영          결          사  -  장의위원장 지현스님

영 결 법 어  -  혜국 대선사

추          도          사  -  봉암사 주지 진범스님

조          시  -  시인 박남준 · 시인 이원규

헌          화

인 사 말 씀  -  법등 대종사(문도대표)

공 지 사 항

사 홍 서 원

폐          식

발          인

# 然觀스님 行狀

◉ 1949년 8월 4일 경상남도 하동군 진교면에서 아버지 황학용 어머니 한안자 님을 인연으로 출생하였습니다. 속명은 황민화(黃民和).

◉ 1969년 1월 15일 금강사에서 우봉 스님을 은사로, 병채 스님을 계사로 사미계를 수지하고 이어 같은 해, 통도사에서 월하 스님을 계사로 구족계를 수지하였습니다. 재적본사는 조계종 제8교구 본사 직지사입니다.

◉ 1981년에서 1984년에 걸쳐 직지사 황악학림에서 관응 대강백을 강사로 경율논 삼장을 연찬한 이후 경학에 매진하며 수행정진하였습니다.

◉ 1989년부터 1994년까지 직지사, 김용사 승가대학 강사를 역임했습니다.

◉ 1995년부터 2002년 까지 조계종 최초 승가전문교육기관 실상사 화엄학림 학장을 역임하였습니다.

◉ 2002년 희양산 봉암사 선원을 시작으로 기기암, 칠불사, 벽송사, 백양사, 대흥사, 태안사 등 제방 선원에서 40안거를 성만하였습니다.

놓아 버려라

◉ 2000년 환경단체 〈풀꽃세상을 위한 모임〉에서 시상하는 제6회 풀꽃상을 수경, 도법 스님 과 공동수상하였습니다.

◉ 2001년2월, 생명평화를 위한 백두대간 1500리 종주를 하였습니다. 이어 2008년 한반도 대 운하 반대 순례단 '생명의 강을 모시는 사람' 들에 참가하였습니다.

◉ 1991년 운서주굉 스님의 『죽창수필』을 번역한 이후 참선정진과 함께 번역에 매진하였습니 다. 대표적인 번역서는 『금강경간정기』, 『선관책진』, 『선문단련설』, 『왕생집』, 『불설아미타 경소초』, 『용악집』, 『학명집』 등 다수가 있습니다.

◉ 2007년부터 2009년까지 『조계종 표준 금강경』 편찬에 참여하였습니다.

◉ 2022년 6월 15일 관음사에서 입적하였습니다. 세수는 74세 법납은 53세입니다.

# 永 訣 辭

편안한 마음으로 연관스님과 이별하며


삼가 공경히 듣사오니,
"허공을 헤아릴 수 있고, 바람을 움켜잡을 수 있더라도 이 한 물건은 누가 능히 알 수 있겠는가?"
하셨습니다.

연관스님은 알기 어려운 이 한 물건을 알기 위하여 동진으로 출가하셔서 스승을 찾아 외롭고 먼
길을 걷고 또 걸었으며 밤을 새워가며 경전과 어록을 탐독했고, 먹고 자는 것까지도 잊으며 정
진하고 또 정진하셨으니 분명 이 시대의 승보이십니다.


연관스님!
저희들은 욕심없고 거짓없고 꾸밈없는 스님의 수행에 공감하고 감동받으며 스님을 존경하고 사
랑합니다.

명예와 이익에 초연하였으므로 언제나 자유롭고 누구에게나 당당한, 그러면서도 늘 겸허하고
소박한 삶이 승가의 아름다운 모범이셨습니다.

스님은 생멸의 고통스런 삶에서 생멸이 없는 즐거움의 세계로 가셨지만 저희들은 늘 스님을 마
음속에 모시고 본받고 배울 것이므로 슬퍼하지 않습니다.

태어난 사람은 누구나 다 늙고 병들고 죽습니다. 죽지 않을 수는 없습니다. 수행하지 않으면 고
통과 불안속에서 살다가 죽지만 수행을 한다면 죽음을 싫어하거나 두려워하지 않고 죽음을 기
쁘게 맞이한다고 합니다.

연관스님!

스님은 코로나바이러스로 격리 중 말기암이라는 진단을 받고는 죽음이 벼락처럼 확연하게 마음에 와닿는 깨달음이 왔답니다.

"코로나여! 암이여! 참으로 고맙고 감사합니다"라며 임종의 때가 온 것을 기꺼이 받아들이니 한 포기의 풀과 한 그루의 나무 그리고 도량에 나온 뱀들도 귀하고 아름답게 보인다고 평생 뜻을 함께한 도반 수경스님께 토로했다니 차원을 뛰어넘은 수행자상을 보이셨지요.

수경스님, 도법스님처럼 훌륭한 도반들과 뜻을 함께 했으며, 마지막까지 정성스럽게 간병한 고 담스님같은 시자의 시봉을 받은 것은 스님의 큰 덕행 덕분이었습니다.

연관스님!

스님처럼 수행력을 두루 갖춘 스님께서 관음사에 오셔서 고요히 원적을 보이심은 저희들의 복 운입니다. 그러나 이 세상에는 스님의 교화를 기다리는 고통스러워하는 중생들이 너무나 많으니 스님께서는 정토의 즐거움에만 안주하지 마시고 속히 저희들의 곁으로 돌아오시기를 간절히 정성 다해 간청합니다.

나무아미타불

불기 2566(2022)년 6월 17일

장의위원장 **지현** 구배분향

연관 스님 영결식 팸플릿

# 永 訣 法 語

연관 스님께

20대 초반 스님과 같이 해인사 선원에서 한참 초발심을 내던 때가 어느새 50년이 훌쩍 넘었습니다. 그동안 스님이 보고 듣던 모든 삶과 삼라만상이 이제 스님 목전에서 홀연히 사라졌습니다. 이 때를 당하여 신찬선사의 어록을 보겠습니다.

"태어나도 태어난 바가 없고 죽어도 죽은 바가 없다. 태어남과 죽음은 생각의 세계에서만 있을 뿐 생명의 실상은 6근 6진에 구속된 바가 없다. 본래 원만구족한 대자유이니 헛된 생각에 속지 말라. 다만 천사량 만사량을 한 생각에 방하착하고 화두자체가 되라. 즉여여불이라"고 하신 게송을 스님께 올립니다.

사실 본래 실체가 없는 공이요 연기일뿐입니다. 이러한 모든 작용이 우리들 마음이 본래 청정하기 때문에 비친 그림자임을 스님께서 너무나 잘 아시리라 믿습니다.

그러기에 스님 한 평생을 정리하는 지금 이 시간 그대로 스님의 임종게요. 삶의 기록입니다. 특히나 수경스님 도법스님 그리고 스님이 다함께 원력을 세워 걸었던 이 산하에 남기신 발자취는 참으로 귀한 걸음으로 남아있음을 우리 종도들은 잘 알고 있습니다. 그리고 죽음을 받아 들이는 스님의 그 모습 우리 도반들 가슴에 많은 울림을 주고 있습니다. 때로는 하고 싶은 일이 욕망일 수도 있고 하고 싶지 않은 일이 오히려 반드시 해야만 하는 원력일 수도 있습니다.

스님이나 나나 우린 원력을 세우고 발심, 발심, 재발심 하는 길이 우리들 사문의 길일 수밖에 없습니다.

먼저 가신 선사스님들 거량에 이런 내용이 있습니다.

그물망을 벗어난 황금잉어는 무엇으로 양식을 삼느냐는 물음입니다. 우리는 너나없이 그물망을 벗어나고자 무던히도 몸부림치던 때가 있었습니다. 그러나 지금와서 돌아보면 그물망이니 황금잉어니 무명도 진여도 결코 둘이 아니라는 사실입니다.

오직 중도요 연기일 뿐이라는 이 소중한 진리에 우리 인생을 바쳤을 진대

스님, 이승이든 저승이든 그 은혜 갚아야 할 길도 우리 몫일 수밖에 없습니다.

장경선사 말씀처럼 삼라만상 중에 법신만이 홀로 드러났기 때문입니다.

"나도 없고 남도 없을 때 어떠합니까?" 하니, 대나무 그림자 댓돌을 쓸어도 먼지 하나 일어나지 않고 밝은 달 연못을 투과해 들어가도 물결하나 일지 않는 소식을 알기 때문입니다.

스님 부디 성성적적 하십시오. 적적성성 하십시오.

불기 2566(2022)년 6월 17일

대한불교조계종 석종사 **혜국** 분향

# 追悼辭

여름빛에 투영된 희양산의 녹음이 제법 당당한 모습입니다.

이토록 푸르른 계절에 봉암사의 대중들 또한 산의 위용을 닮아 푸르르기 그지없습니다.

선방 수좌의 길을 걷는 저에게도 귀감의 어른들이 가득하여 오고 감을 일러주고 계시며 앉고 서는 법을 몸소 보여주고 계십니다. 그 가운데 연관스님께서는 오래 전, 백장암 시절부터 깊은 인연이 되어 후학인 제게 탁마의 길을 짚어주셨으며 수좌로서의 삶을 묵묵히 익히게 해 주신 어른이셨습니다.

세월 지나, 부족한 소납이 봉암사 주지 소임을 맡게 된 날에도 스님께서는 수행처인 봉암사를 구참 스님들과 함께 지키며 수좌의 근본 정진이 어떤 자세이어야 하는지를 보여주고 계셨습니다.

스님은 일찍이 관응 노스님께 법맥을 전수받아 상수제자다운 면모를 보여주셨으며 〈선관책진〉과 〈죽창수필〉 등 수행을 기반 한 책들을 펴내며 승가와 재가에 일침을 가하는 역할을 마다 하지 않으셨습니다. 뿐만 아니라, 출가승으로서의 일상은 언제나 여일하여 법다운 법으로, 수좌다운 삶으로 전 수좌계의 마중물과도 같은 역할을 거뜬히 해내가고 계셨습니다.

또한 스님은 산을 좋아하여 국내의 모든 산은 물론 에베레스트까지 등정하는 등 남다른 기운을 항상 자랑하셨습니다. 그 길에서 만나지는 사람, 사람들과의 인연까지 소홀한 법이 없으신 성정은 글쟁이, 사진쟁이 등 문화예술 속에 유영하는 인연들과도 막역하며 끈끈한 연緣으로 수행의 깊이와 넓이를 충만히 펴고 계신 어른이셨습니다.

지난 동안거를 지나 다시 맞은 이번 여름 안거에도 스님의 자리는 늘 당당했습니다. 더불어 정진을 함께 하는 대중들에게는 특별한 힘을 주셨으며 존재감만으로도 충일한 어른의 모습이셨습니다.

그러나 이제 스님께서는 그 호방하던 웃음도, 자애롭던 성정도 더는 그 진중한 수행력마저 내려 놓으시고 사바세계에서 인연을 다하고 몸을 바꾸셨습니다.

언제나 제일의 수좌 대열에 계셨던 스님의 부재를 느끼는 저희 후학들에게는 커다란 산을 잃어버린 듯 망연자실하기만 합니다.

스님,

부디 속환사바 하시어 미욱한 저희들을 다시 경책하여 주시옵소서. 스님을 보내는 희양산의 대중은 스님과 다시 뵐 날을 기다리고 있겠습니다.

스님, 다시 뵙고 싶습니다.

불기 2566(2022)년 6월 17일

조계종 종립선원 희양산 봉암사 주지 **진범** 분향

연관 스님 영결식 팸플릿

# 弔 詩

## 날개를 띄운 큰 별 하나


참 많이도 걷고 걸으셨지요
이제 스님의 발자국 여기 멈추었구나
발자국, 생명이 태어나 세상을 건너가는
저마다 수많은 발자국처럼
나무들이 때가 되어 옷을 벗고 다시
돌아올 시간을 예비하듯이
한 사람의 생명 또한 지금 이 자리
인연의 시간에 따라 그가 이 땅에서 입었던
한 벌의 옷을 벗는 것과 다름 아니겠는가
누군가는 떠나고 누군가는 멀어지기도 할 것이다
그리하여 또 누군가는 남아
떠나간 자리 오래도록 들여다볼 것이다

떠난다는 말은 지금 이 자리로부터
발걸음을 다시 시작하겠다는 말일 것이다
정녕 잊힌다는 말이 아닐 것이다
함께 했던 날들이 나무들의
동그란 나이처럼 쌓이며 시퍼렇게 살아오네
거기 절 마당의 목탁 소리를 돌아
갈기를 일렁이는 사자의 걸음으로
당장이라도 당당하게 들러올 것 같은데
스님의 발자국은 피안의 어느 모퉁이를 돌아
훨훨 우주 자연의 영혼으로 가시고 있는 것일까

떠난다는 말은 다시는 얼굴을
볼 수 없다는 말이 아니겠지요
아예 사라진다는 말이 아닐 것입니다

연관스님,
이번 생은 잘 못살은 것 같으니 다음 생은 꼭
맑은 중으로 태어나 살고 싶다는 말씀
기억합니다
그렇게 다시 오십시오

오늘 밤하늘에 비로소
스님이 오래도록 키우며 베푼
법공양의 날개를 달고
환한 별 하나 떠오르겠지요
스님의 마음속에 고리고리 곰삭은 인연들의 사랑
우리는 오래도록 그 하늘을 쳐다보겠습니다

낙동강을, 한강을, 금강을, 영산강을, 섬진강을
성큼성큼 백두대간을 이 나라 산경도의
쭉 뻗은, 구불거리는 정맥들의 산길을
저 먼 히말라야를, 위아래 없는
불법 세상의 수미산을 펼치며 걸어가시던
맑고 밝은 순례자
스님의 발자국을 기억합니다
텁수룩한 수염을 기억합니다
벌써 보고 싶습니다 연관스님

불기 2566(2022)년 6월 17일

지리산자락 심원재에서 **박남준** 분향

연관 스님 영결식 팸플릿

# 弔 詩

然觀 큰 스님이시여, 문창성(文昌星) 별빛이여!


스님의 고향 섬진강에 장마철이 다가옵니다
기억나시는지요, 두 눈을 감아도 다 아시겠지요?
오실 때도 그러하였지만 가실 때도 이렇게 속절없이,
그 누구의 허락도 없이 떠나시다니요?
스님, 연관 스님! 언제나 존댓말 하며 환하게 웃으시더니
입술 꽉 깨문 채 외면하며 돌아가시니 이를 어찌하겠습니까
다짜고짜 지리산에 천둥벼락이 칩니다


"부디 원하노니 부처님께서 증명해 주소서,
내 죽을 때까지 물러나지 않겠나이다"
스님의 이 간절한 서원은 이미 증명되고도 한참 남습니다
연관이라는 법명처럼 그냥 그대로 바라보는 일,
오면 오는 대로 가면 가는 대로
굳이 사족 같은 생각을 덧붙이지 않고 있는 그대로 바라보는 일이
바로 연관의 길, 부처의 길이었습니다
그리하여 관응 스승님께 받은 호 하청 스님이여,
황하청黃河淸 큰 스님이시여!
문득 중국 황하의 저 탁한 물이 다 맑아졌습니다
스님의 고향, 지리산 구례-하동의 섬진강처럼 청청 맑아졌습니다


스님, 연관 큰 스님이시여!
문필과 문운 창성한 저 하늘의 문창성에서 오셨으니
일생 동안 오로지 수행하고 글을 쓰다가
다시 북두칠성 그 여섯 번째 별인 문창성으로 가시는지요?
북두칠성 바로 위 여섯 개의 별인 문창육성으로 돌아가시는지요?

마침내 이 땅에 살아남은 우리들의 생로병사,
그 진풍경을 한눈에 다 내려다보시겠습니다
그리하여 우리가 길을 잃을 때마다
저 밤하늘의 문창성을 보며 아는 척 두 손을 모을 것입니다
다시금 『죽창수필』, 『왕생집』를 읽고
『금강경 간정기』, 『선문단련설』, 『용악집』, 『학명집』 등을
아직 남은 생의 지도와 나침판으로 삼을 것입니다

스님, 연관 큰 스님!
그래도 어쩌다 문득 사바세계가 그리우면
언제 어느 곳이든 아무렇게나 다시 돌아오십시오
50여 년 도반인 수경 스님, 도법 스님 등과
큰 가마솥에 잔치국수를 맘껏 끓여 드시고요
한겨울 지리산부터 늦봄 설악산까지 걸었던 백두대간 종주,
마침내 북쪽의 금강산에서 백두산까지 마저 다 걷다가
저무는 능선에서 〈불효자는 웁니다〉 목놓아 불러보시고요

스님, 이미 가시기 전에도 늘 그리웠지만
마침내 문창성에 도착하기도 전에 벌써 더 그리워진 연관 스님!
기어코 서둘러 가시다니 참으로 지독합니다, 야속하십니다
그러나 아직은 차마 믿기지 않아 울지 않겠습니다
다만 천천히 더 오래 울겠습니다
스님의 이전과 이후, 생과 사가 이토록 한치의 다름도 없으니
연관 큰 스님, 정말 자랑스럽습니다, 고맙습니다, 사랑합니다!

불기 2566(2022)년 6월 17일

然觀 큰 스님을 더 깊이 모시며, 시인 **이원규** 곡곡

# 然觀스님 葬儀委員會

- ● **護　　　喪**　원산 대종사
- ● **葬儀委員長**　지현스님
- ● **葬 儀 委 員**
- · 비구　　　　무문, 법련, 혜국, 대성, 법등, 도진, 도법, 수경, 일장, 재원, 함현, 현진, 진범, 도업, 법산, 수진, 청강, 원타, 석곡, 영진, 법웅, 월암, 명진, 일오, 원광, 성후, 청학, 현문, 장윤, 진담
- · 비구니　　　대오, 일현, 진성, 성정
- · 거사　　　　이철수 거사
- ● **執行委員長**　정원
- ● **執 行 委 員**　고담, 성묵, 담화림
　　　　　　　　백승완(신도회장), 구영회, 박남준, 이원규. 김동현, 김태형, 이혜미, 김상구, 송옥규, 지한 거사
- ● **金龍寺講院弟子**　성묵, 운서, 원민, 성한, 도상, 탁용
- ● **實相寺 學林**
- · 화엄1기　　　법인, 오경, 오심, 해강, 고경
- · 화엄2기　　　지장, 지정, 법신, 현석, 하림
- · 화엄3기　　　종선, 정수, 본오, 묘행, 중선
- · 화엄4기　　　법상, 묵산, 화담, 법안, 성륜
- ● **上　　　座**　신순, 언기
- ● **葬儀總都監**　수경

- ● **관음사 대중**
- · 회주　　　　지현
- · 선덕　　　　도일
- · 유나　　　　정원
- · 노전　　　　도설
- · 기도법사　　보각, 도신
- · 종무원　　　천안명, 지혜문, 원만행
- · 원주보살　　관음향
- · 후원　　　　무등등, 법희행, 승천심
- · 거사　　　　김문용, 석균일
- · 관음사 신도 일동, 늘기쁜마을 임직원 일동

## 然觀스님 49재 일정

| | | |
|---|---|---|
| 초재 | 2022년 06월 21일(화요일) | 관음사 |
| 2재 | 2022년 06월 28일(화요일) | 관음사 |
| 3재 | 2022년 07월 05일(화요일) | 실상사 |
| 4재 | 2022년 07월 12일(화요일) | 무각사(광주) |
| 5재 | 2022년 07월 19일(화요일) | 석종사 |
| 6재 | 2022년 07월 26일(화요일) | 직지사 |
| 막재 | 2022년 08월 02일(화요일) | 봉암사 |